L'amant de Hawaï

CATHY WILLIAMS

L'amant de Hawaï

Traduction française de
LOUISE LAMBERSON

AZUR

HARLEQUIN

Collection : Azur

Titre original :
FORBIDDEN HAWAIIAN NIGHTS

HARPERCOLLINS FRANCE
83-85, boulevard Vincent-Auriol, 75646 PARIS CEDEX 13
Service Lectrices — Tél. : 01 45 82 47 47 - www.harlequin.fr
ISBN 978-2-2804-6771-1 — ISSN 0993-4448

Composé et édité par HarperCollins France.
Imprimé en février 2022 par CPI Black Print (Barcelone)
en utilisant 100% d'électricité renouvelable.
Dépôt légal : mars 2022.

FSC
www.fsc.org
MIXTE
Papier issu de
sources responsables
FSC® C159065

Pour limiter l'empreinte environnementale de ses livres, HarperCollins France s'engage à n'utiliser que du papier fabriqué à partir de bois provenant de forêts gérées durablement et de manière responsable.

1.

Max Stowe avait du mal à ne pas interrompre son frère, dont les explications censées l'éclairer produisaient hélas l'effet inverse.

James l'appelait de Dubaï, où il s'occupait de régler les derniers détails concernant le luxueux yacht écoresponsable commandé un an plus tôt à l'un des ingénieurs et architectes navals les plus réputés dans ce domaine.

De son côté, Max se trouvait sur le balcon de sa chambre d'hôtel, face à une immense plage, et il réfléchissait à la meilleure stratégie à adopter pour localiser leur sœur. En effet, Izzy avait jugé bon de disparaître subitement, après lui avoir envoyé un SMS dans lequel elle lui demandait de ne pas s'inquiéter pour elle.

James croyait avoir du fil à retordre, mais ce n'était pas lui le plus à plaindre, songea Max, les mâchoires crispées. La tension ne l'avait pas quitté un instant durant le long vol de Londres à Honolulu et elle atteignait maintenant son comble. Incapable de se concentrer sur son frère plus longtemps, il écourta la conversation et remit son portable dans sa poche.

La vue magnifique qui s'étalait devant ses yeux le laissait de marbre, mais la chaleur l'incommodait. Et, surtout, il était d'une humeur massacrante.

En d'autres circonstances, des têtes auraient déjà roulé.

Max se targuait d'être juste, mais l'on ne dirigeait pas un empire en tolérant l'incompétence et le manque de sérieux.

Malheureusement, les circonstances présentes n'avaient rien d'habituel.

Où était-elle partie, bon sang ? Il ne savait qu'une chose : Izzy n'était pas là, sur l'île d'Oahu, occupée à faire le job pour lequel elle était payée – très généreusement.

Il refusa de céder aux sombres pensées et aux scénarios inquiétants qui se profilaient dans son esprit. Tout problème ayant une solution, il savait exactement comment il allait s'y prendre pour retrouver sa sœur. Il était doué pour résoudre les questions les plus épineuses.

Max baissa les yeux sur sa montre. 16 h 30. Le soleil commençait à baisser, mais pas la température. Quelque part sur cette plage, une femme détenait la clé du problème. Mia Kaiwi, vingt-sept ans, un mètre soixante-dix, paysagiste de profession, et remplissant diverses fonctions au sein du projet hôtelier qu'il avait lancé à Oahu.

Aussitôt après avoir reçu le SMS de sa sœur deux jours plus tôt, il avait appelé Nat, le chef d'équipe responsable du projet, pour savoir ce qui se passait. Avant d'apprendre que ni lui ni son bras droit, Kahale, n'avaient la moindre idée de l'endroit où se trouvait Izzy. Une seule personne le savait, apparemment : Mia, sa meilleure amie.

Il lui avait fallu vingt-quatre heures pour clore divers dossiers urgents – un temps durant lequel Max avait résisté à la tentation de mettre l'un de ses enquêteurs sur l'affaire. Ça aurait été vite réglé, mais il préférait rencontrer la meilleure amie en question et obtenir lui-même les informations dont il avait besoin.

Cela ne l'empêchait pas de fulminer. Parce qu'il n'avait vraiment pas envie de se retrouver coincé là, par une chaleur accablante, à attendre 17 heures pour partir en quête d'une femme qu'il ne connaissait même pas. Mais il la trouverait facilement, d'après Nat, car elle donnait des cours de surf à des enfants tous les samedis après-midi, de 15 à 17 heures.

Max avait veillé à ce qu'elle ne soit pas prévenue de son arrivée. Pas question de lui laisser le temps de disparaître elle aussi ou de préparer ses réponses. Non, il tenait à la surprendre de manière à obtenir les informations en direct. Ensuite, il s'accorderait quatre jours pour résoudre cette malencontreuse histoire et retournerait aussitôt à Londres et à ses affaires.

Il s'y prendrait le plus gentiment possible, même s'il avait du mal à accepter que sa sœur ait pu faire preuve d'une telle immaturité en s'évanouissant ainsi dans la nature. Cependant il comptait bien lui rappeler qu'elle travaillait dans des conditions plus que privilégiées et la remettre dans le droit chemin !

Un quart d'heure plus tard, Max s'avança sur la plage. Il avait emporté le minimum de vêtements pour ce voyage éclair. Et aucun short. De toute façon, il n'en possédait pas. Mais, maintenant qu'il marchait dans le sable et traversait une portion de plage particulièrement peuplée, il commençait à regretter de ne pas avoir prévu de tenue plus légère. Le soleil embrasait l'horizon d'une superbe explosion de rouges et d'orangés, mais la chaleur restait toujours aussi intense.

Des voix résonnaient autour de lui, des éclats de rire, des moteurs de motos rugissaient à proximité.

Et soudain il l'aperçut. « Impossible de la rater », avait dit Nat. Il avait eu raison. Elle empilait les planches, avec des gestes rapides et gracieux. Très mince, les cheveux noués en queue-de-cheval, elle était entourée d'une bande de gosses excités. « Cours de surf pour enfants ». La pancarte disparaissait presque derrière la haute pile de planches.

Pieds nus, en haut de bikini et sarong noué sous le nombril, elle riait de bon cœur avec ses jeunes élèves qui finirent par s'éloigner en se bousculant. Dès que le dernier fut parti, elle enfila un immense T-shirt, jeta un coup d'œil à sa montre, puis s'éloigna à son tour après avoir entouré les planches d'une chaîne fermée par un cadenas.

Max accéléra le pas. Plus vite il aurait réglé cette affaire, plus vite il pourrait quitter Hawaï.

Grâce au sixième sens qu'elle avait développé au fil des années, Mia sentit qu'elle était suivie. Elle savait comment se débarrasser des dragueurs. Sur cette plage, ils étaient aussi bornés et agaçants que les mouches, et ce jour-là elle n'était vraiment pas d'humeur à supporter l'un de ces types qui se croyaient tous irrésistibles.

Se retournant brusquement, elle recula de deux pas et croisa les bras, bien déterminée à dire ce qu'elle pensait à ce…

Son regard se posa sur les mocassins de cuir souple, glissa sur l'élégant pantalon gris clair, le polo blanc arborant le minuscule logo noir sur la poche de poitrine, remonta sur le cou hâlé, continua, jusqu'aux yeux de la couleur de l'océan avant le crépuscule – sombres, profonds, bordés de cils incroyablement épais.

L'inconnu était scandaleusement beau. Le souffle court, Mia contempla les traits sculptés à la perfection, les proportions harmonieuses du corps musclé, mis en valeur par les vêtements élégants, mais pas vraiment appropriés pour la plage.

Jamais encore elle n'avait vu un homme aussi sexy, aussi attirant…

Se rendant compte qu'elle le dévorait des yeux, Mia redressa le menton.

— Laissez tomber, dit-elle avant de se détourner.

Elle reprit son chemin, la tête haute et le dos droit, afin de bien lui montrer qu'elle avait autre chose à faire que de perdre son temps à écouter ses fadaises.

— Pardon ? Vous pouvez répéter ?

La voix était grave, profonde et veloutée. Mia accéléra le pas mais sentit un frisson lui parcourir la nuque.

— Vous avez très bien entendu, riposta-t-elle en se retournant de nouveau.

Elle recula d'un pas. Il était trop grand ! Trop imposant…

— Je ne veux pas boire un verre avec vous. Ni aller dans un club. Ni dîner au restaurant.

— Je ne crois pas vous avoir invitée à faire aucune de ces choses, répliqua-t-il avec calme.

Une assurance implacable émanait de l'inconnu. Un contrôle absolu.

Qui était-il ? s'interrogea Mia, un peu déconcertée.

Le simple fait de se poser la question l'irrita. Elle attirait les regards, elle le savait. Grande et mince, dotée d'un visage ovale aux traits réguliers et d'une bouche pulpeuse, elle avait la peau naturellement mate et, comme elle vivait et travaillait en plein air, le soleil en avait foncé la teinte, laquelle soulignait celle de ses longs cheveux bruns et ses yeux noisette.

Alors bien sûr, les hommes la remarquaient. Mais aucun ne l'approchait de près. Après Kai, elle avait pris ses distances avec la gent masculine et ne se sentait pas près de remettre son cœur en danger. Son bref mariage lui avait ouvert les yeux. Elle aurait été stupide de ne pas tirer profit de l'expérience.

— Je n'ai pas envie de bavarder avec vous, déclara-t-elle.

— Vous êtes bien Mia Kaiwi, n'est-ce pas ?

Mia se figea et le dévisagea un instant en silence tandis qu'il la scrutait tranquillement, la tête inclinée d'un côté.

— Qui êtes-vous ?

— Pas un dragueur, en tout cas, dit-il de sa belle voix grave.

— Comment connaissez-vous mon nom ?

— Y a-t-il un endroit où nous pourrions discuter au calme ?

— Je n'irai nulle part avec vous.

Comment connaissait-il son nom ? Elle ne l'avait jamais vu, or on n'oubliait pas un tel visage.

— Oh ! mais si, répliqua-t-il avec la même assurance.

Il regarda alentour.

— Vous connaissez un endroit tranquille ? Je pourrais vous proposer de m'accompagner jusqu'à mon hôtel, mais comme vous semblez persuadée que je vais vous faire des propositions inconvenantes, mieux vaut m'en abstenir.

— Je pourrais appeler quelqu'un et vous faire arrêter.

En réalité, elle commençait à se sentir franchement mal à l'aise.

— À votre place, je n'en ferais rien.

Il tourna les yeux vers le café situé un peu plus loin au bord de la plage.

— Celui-ci fera l'affaire, décréta-t-il sans lui demander son avis.

Interloquée, elle le contempla se diriger vers le café, certain qu'elle allait le suivre.

Émergeant de sa torpeur, Mia lui emboîta le pas, le cœur battant et une vive tension lui étreignant les tempes. Elle connaissait le propriétaire de cet endroit, c'était déjà ça. Elle y serait en sécurité.

Mais, tout en continuant d'ignorer les motivations du

bel inconnu, elle se rendait bien compte qu'elle avait mal interprété la situation.

À cet instant, il l'observa par-dessus son épaule et s'arrêta pour lui laisser le temps de le rejoindre.

Il devait mesurer au moins un mètre quatre-vingt-dix… songea-t-elle tandis qu'il entrait dans le café. Du coin de l'œil, elle aperçut Mack, le propriétaire, et sa femme, Rae, et les salua d'un petit hochement de tête. La salle commençait à se remplir de nouveaux arrivants. Les familles étaient parties, laissant la place à des jeunes gens venant boire un verre avant d'aller dîner ailleurs, ou sur la plage.

— Ne vous inquiétez pas, dit l'inconnu en se tournant vers elle. Vos amis veilleront à ce que je ne vous enlève pas.

— Mes amis ?

— Oui, ceux qui sont derrière le bar. Vous les connaissez, n'est-ce pas ? Parfait. Puisque je n'ai pas réussi à vous convaincre de ma bonne foi, la présence de ces deux-là devrait vous rassurer.

— Ce qui me rassurerait, ce serait de savoir qui vous êtes, répliqua Mia sans ciller. Vous connaissez mon nom, me dire le vôtre serait la moindre des politesses.

— Je vais vous le dire. Qu'est-ce que vous buvez ?

— De l'eau.

Il haussa les épaules, puis se dirigea vers une table située sur le côté, loin de la vitre, et s'assit.

— Tout va bien, Mia ?

Mia se força à sourire à Rae qui venait de s'arrêter en souriant devant leur table, son carnet et son stylo à la main. La ravissante blonde aux cheveux courts la regardait d'un air interrogateur, et elle savait pourquoi : tout récemment, elle avait parié en plaisantant que la prochaine fois que Mia entrerait dans le café, elle serait accompagnée d'un homme charmant…

— Bien sûr ! répondit-elle en souriant de plus belle.

— Tout le monde vous connaît, ici ? demanda son mystérieux compagnon une fois que Rae fut repartie avec leur commande.

Elle le fixa un instant en silence, fascinée malgré elle et sans vraiment savoir par quoi. Ce n'était tout de même pas seulement une simple question d'attirance *physique* ?

— J'ai toujours vécu à Oahu, qui n'est pas une grande île, et je fréquente beaucoup cette plage. Je donne des cours de surf aux enfants tous les samedis et dimanches. Je surfe chaque fois que je le peux, et nous formons une communauté assez soudée. Mais vous ne m'avez toujours pas dit votre nom.

— Max Stowe. Je suis le frère d'Izzy.

Ça alors…

Mia le dévisagea en silence, interloquée. Elle ne savait pas à quoi elle s'attendait, mais certainement pas à ce qu'il soit le frère de son amie. Izzy était petite, blonde, avec de grands yeux bleu clair. Alors que cet homme athlétique aux cheveux noirs et aux yeux bleu saphir lui donnait la chair de poule rien qu'à le regarder.

D'un geste nonchalant, il sortit un portefeuille en cuir noir de sa poche et posa bientôt son permis de conduire sur la table.

— Au cas où vous auriez des doutes, dit-il, pince-sans-rire.

Elle repoussa le permis vers lui.

— J'ignorais que vous deviez venir à Oahu, rétorqua-t-elle d'une voix mal assurée.

— J'ai demandé à Nat et à son assistant de ne pas ébruiter mon arrivée.

— Pourquoi ?

— Pour que vous n'ayez pas le temps de vous préparer à répondre à mes questions.

— Quelles questions ? s'enquit Mia, encore sous le choc.

Le frère d'Izzy ? Son amie avait fait quelquefois allusion à lui, le décrivant comme quelqu'un d'autoritaire.

Au cours des cinq derniers mois, tandis qu'elles se rapprochaient l'une de l'autre et devenaient amies, Mia s'était fait l'image d'un homme vivant pour le travail et dirigeant la vie de sa jeune sœur d'une main de fer. D'un type tyrannique dépourvu de tout sens de l'humour et se prenant quasiment pour Dieu le Père.

Assise maintenant en face de lui, elle pressentait qu'elle avait vu juste. Mais, s'il croyait pouvoir la tyranniser comme il tyrannisait Izzy, il se trompait !

Dominant son appréhension, elle soutint le regard de Max Stowe et s'efforça de résister au désir envoûtant de sombrer dans les profondeurs des yeux saphir.

— Où est ma sœur ? lança-t-il doucement.

Quand il se pencha vers elle, Mia recula d'instinct le buste pour mettre le plus de distancc possible entre eux.

— Je ne sais pas, dit-elle à la hâte.

— Je ne vous crois pas, répliqua-t-il avec un lent sourire.

— Pourquoi se serait-elle confiée à moi ?

— Parce que vous êtes sa meilleure amie et qu'elle n'aurait jamais disparu sans dire à quelqu'un où elle allait. Elle ne m'en a pas touché un mot, ni à son frère, et Nat n'est pas plus renseigné que nous. Il ne reste donc plus que vous.

Rae réapparut, déposa la bière artisanale qu'il avait commandée, ainsi qu'un verre et une carafe d'eau fraîche sur la table.

Sans détacher son regard de celui de Mia, Max prit la bouteille et la porta à ses lèvres, but tranquillement quelques gorgées, puis reposa la bouteille sur la table.

— Et aussi parce que votre visage est plus éloquent que vos paroles, reprit-il avec son calme insupportable. Vous *savez* où elle est, et moi, je dois la retrouver.

— Si vous croyez que vous pouvez me forcer à vous donner des informations que…

— N'oubliez pas que vous travaillez pour moi, Mia.

Un frisson glacé la traversa. Elle travaillait pour lui, en effet. Quand il avait décliné son identité, elle avait aussitôt compris la raison de sa présence à Oahu, mais sans penser au fait qu'il était son employeur.

Depuis cinq ans, elle exerçait son métier de paysagiste en indépendante et gagnait bien sa vie, mais c'était sa première réalisation d'envergure.

En fait, ses activités au sein de ce projet ne se limitaient pas à son rôle de paysagiste, car elle en était venue rapidement à seconder Izzy et avait découvert avec surprise que ses nouvelles attributions lui plaisaient : travailler en liaison avec les fournisseurs, s'occuper des factures lorsque Izzy avait trop à faire…

Après la malheureuse histoire de son amie avec Jefferson, Mia avait endossé encore davantage de responsabilités et touché petit à petit à presque tous les aspects du projet.

Et ses efforts avaient été récompensés financièrement.

Or, étant donné que Max contrôlait tout à distance, il devait être au courant de la diversification de ses attributions, et de l'augmentation conséquente de son salaire.

Cependant il ignorait que cet argent lui avait servi de garantie pour obtenir un prêt de la banque, dans le but de financer des travaux indispensables qu'elle avait fait faire chez elle.

Ce prêt devait être remboursé, et si pour une raison ou une autre elle cessait de toucher son salaire en fin de mois…

Elle survivrait. Ce serait difficile, mais elle s'en sortirait.

D'autre part, elle avait considéré ce job comme une sorte de tremplin. Dans son secteur d'activité, le bouche-à-oreille pouvait s'avérer fructueux. Et, si elle parvenait à enchaîner ce projet avec d'autres tout aussi ambitieux, ses revenus croîtraient de façon non négligeable.

Mais pour y arriver elle aurait besoin d'excellentes références. Et qui lui donnerait ces excellentes références ? L'homme qui la dévisageait en silence, attendant qu'elle lui communique les infos qu'il était venu chercher.

— Vous me faites du chantage ? lança Mia, le menton haut.

En réalité, elle n'en menait pas large.

Pour toute réponse, il haussa les épaules, l'air toujours aussi à l'aise.

Pas étonnant qu'Izzy lui ait cédé quand il avait décrété que des études de commerce étaient la meilleure voie pour elle, alors qu'elle n'avait pas la moindre envie de s'engager dans cette branche.

— Je vous propose un échange équitable, répliqua-t-il avant de terminer sa bière.

Mia songea aux travaux effectués dans sa maison, au prêt à rembourser. À la nécessité absolue de continuer à toucher son salaire.

— Si Izzy avait souhaité que vous sachiez où elle allait, vous ne croyez pas qu'elle vous l'aurait dit ? demanda-t-elle crânement.

— Possible, répondit-il sans s'émouvoir. Mais il n'en reste pas moins qu'elle ne l'a pas fait, d'où ma présence à Oahu. Dites-moi ce que je veux savoir, je m'en irai et la vie reprendra son cours aussi bien pour vous que pour moi.

— Et que feriez-vous si vous partiez à sa recherche et la retrouviez ? Vous la ramèneriez ici de force ?

À ces mots, il éclata d'un rire dur qui lui fit froid dans le dos.

— Vous avez beaucoup d'imagination, Mia.

Elle baissa les yeux, incapable de soutenir son regard pénétrant. La proximité de cet homme somptueux la troublait malgré elle. Sa beauté virile assaillait tous ses sens.

— Cela ne vous a pas traversé l'esprit que je pourrais m'inquiéter pour ma sœur ?

Mia redressa la tête et le regarda dans les yeux. Impossible de ne pas voir l'anxiété qui s'y lisait.

— Que voulez-vous dire ?

— À votre avis ? rétorqua-t-il, assez sèchement. Mon frère et moi avons reçu le même SMS d'Izzy, disant grosso modo qu'elle traversait une période difficile en ce moment et qu'elle avait besoin de prendre un peu de recul, mais que Nat et Kahale étaient en mesure de tout diriger sans elle. Que croyez-vous que j'aie pensé quand j'ai appris que ma sœur traversait une « période difficile » ?

Il se pencha en avant, la mine sombre.

— Je n'ai pas l'intention de me livrer à des petits jeux stériles avec vous alors qu'Izzy a peut-être des ennuis. Je ne sais pas de quoi vous pensez la protéger, mais vous ne lui rendez pas service en vous taisant, et si je dois vous forcer à me dire où elle se trouve, je n'hésiterai pas, croyez-moi.

— Ce n'est pas la peine de me menacer !

Mais elle ne lui en voulait pas vraiment, au fond. Parce que de toute évidence il imaginait déjà le pire.

Elle se remémora le soir où, après avoir bu quelques verres, Izzy lui avait confié que son frère estimait lui avoir fait une faveur en la nommant responsable de ce projet. À ce moment-là, elle était arrivée depuis peu à Oahu, et Mia l'avait prise sous son aile. Ça avait été le début de leur amitié.

« Je sais que je devrais lui être reconnaissante, avait dit Izzy. Et je le suis, mais m'occuper de fournitures et de factures, de comptabilité, et négocier avec des directeurs de banque… Ce n'est pas du tout mon truc ! »

L'homme imposant et sûr de lui assis en face d'elle se rendait-il compte du dilemme de sa sœur ? S'il n'en était pas conscient, il devait se faire un sang d'encre, en effet, et se poser des questions sur ce que la jeune femme vivait vraiment.

— Je n'ai pas l'intention de vous dire où est Izzy, déclara-t-elle d'une voix ferme. Mais je peux vous certifier que vous n'avez aucune raison de vous inquiéter.

— Sans blague ? Quel soulagement ! Je n'ai plus qu'à m'en aller, c'est cela ?

Elle se retint de rouler des yeux.

Odieux. Max Stowe était *odieux*, *grossier*, *arrogant* – il était tout ce qu'elle détestait chez un homme.

Alors, pourquoi son corps réagissait-il ainsi, en totale contradiction avec son mental ? À cause du charme viril et sensuel de cet homme ? Elle n'était pas aussi superficielle, tout de même ? À moins que ses réactions soient liées à son passé avec Kai.

Ils s'étaient mariés beaucoup trop jeunes et ne s'attendaient ni l'un ni l'autre à ce que leur mariage ne dure qu'un an. Leurs familles étaient amies, eux-mêmes se connaissaient depuis l'enfance et voulaient fonder une famille le plus tôt possible, à l'instar de leurs aînés. Leur vie avait été programmée, et ils se voyaient déjà finir leurs jours ensemble.

Or la réalité s'était révélée tout autre. Le divorce s'était fait à l'amiable, mais Mia avait retenu la leçon et renoncé à toute aventure amoureuse. Elle pensait se remarier un jour, bien sûr. Mais certainement pas avec le premier venu.

Celui qu'elle épouserait devrait posséder des qualités dont elle avait dressé la liste. Et, quatre ans après son divorce, elle n'avait toujours pas rencontré la perle rare qui réunirait les qualités requises.

Face au somptueux Max Stowe, son corps lui rappelait-il que sa libido ne s'était pas désagrégée avec son mariage ?

Mia n'aimait rien chez cet homme, et pourtant ses yeux bleus la faisaient fondre intérieurement. Dans les moindres cellules de son corps.

Elle devait se ressaisir, se rappeler qu'il était son employeur et que sa sécurité financière dépendait de lui. Aussi allait-elle se comporter en adulte et recouvrer son sang-froid et son assurance.

Ou du moins pouvait-elle essayer. Sans trahir Izzy.

— Je préférerais ne pas faire appel à un enquêteur privé, raison pour laquelle j'ai décidé de m'adresser directement à vous, mais cela reste néanmoins une option.

— Elle ne… Elle n'a pas d'ennuis…, indiqua Mia à contrecœur. Ne l'imaginez surtout pas entraînée dans un truc… dangereux.

— Qu'entendez-vous par *un truc dangereux* ?

Elle le regarda. Il était si… sûr de lui. À présent, elle comprenait vraiment comment Izzy avait pu se retrouver à un poste qui ne lui convenait pas, ni ne lui permettait d'exploiter et de déployer sa créativité. Son frère n'était pas homme à supporter la contestation. Il donnait des ordres et s'attendait à les voir exécutés.

— Elle ne se drogue pas, répondit franchement Mia. Et elle n'a rien fait d'illégal. Vous devriez bien le savoir puisque vous êtes son frère !

À sa grande surprise, un éclat argenté luit dans les yeux sombres.

— Il y a une grande différence d'âge entre nous,

répliqua-t-il, crispé. Douze ans. Notre relation est peut-être un peu formelle, pour un frère et une sœur.

— Pour quelle raison ? lança Mia sans réfléchir.

Il la fixa en haussant les sourcils.

— Excusez-moi, cela ne me regarde pas, ajouta-t-elle à la hâte.

— Effectivement. Vous persistez à refuser de me dire où se trouve ma sœur. Vous vous contentez de me certifier qu'elle n'est pas en danger. Pourquoi vous croirais-je ?

— Parce que c'est la vérité. J'aimerais pouvoir vous expliquer pourquoi elle a besoin d'un peu d'espace, mais je trahirais sa confiance. Tout ce que je peux vous dire, c'est qu'Izzy n'a pas l'intention de rester indéfiniment en retrait.

— Il n'existe aucun problème que je ne puisse résoudre, déclara Max avec une assurance ahurissante. Izzy devrait le savoir. Je ne les ai jamais laissés tomber, elle et mon frère.

Comment pouvait-on être aussi intelligent et aussi borné ?

— Si vous avez quelque chose à dire, allez-y, videz votre sac, poursuivit-il.

— J'ai l'impression que vous n'appréciez pas trop que les gens vous disent ce qu'ils pensent, murmura Mia.

— Si c'est l'impression que je vous donne, cela ne semble pas pour autant vous décourager, riposta-t-il aussitôt.

— Izzy n'est pas un *problème* que vous pourriez *résoudre* ! s'exclama-t-elle, à bout de patience. Elle ne s'est pas seulement mise en retrait… elle m'a demandé *spécifiquement* de faire en sorte que vous ne tentiez pas de la retrouver. Elle a besoin d'un peu de temps et, à mon avis, vous feriez une grosse erreur en ne le lui accordant pas…

2.

— Elle vous a demandé spécifiquement… de faire en sorte que je ne parte pas à sa recherche ?

Max sentit une sensation indéfinissable lui étreindre la poitrine. Il avait fait tout son possible pour son frère et sa sœur. À la mort de leurs parents, douze ans plus tôt, Izzy avait tout juste dix ans et lui vingt-deux, l'âge qu'elle avait maintenant. Frais émoulu de l'université, il était prêt à prendre son envol, mais le destin en avait décidé autrement. Faisant fi des mauvaises conditions météo, ses parents avaient tenu à s'offrir un petit vol de loisir à bord de leur avion léger et trouvé la mort dans un accident.

En un clin d'œil, la vie de Max avait basculé, le faisant passer sans transition de la jeunesse à l'âge adulte. Il était devenu chef de famille et avait assumé son rôle sans se plaindre. Il avait tout fait pour garantir la stabilité à ses frère et sœur tandis que lui renonçait à son projet de voyager un peu avant de se lancer dans la vie active.

La fortune de leurs parents, riches tous les deux, avait aidé, bien sûr. Ils laissaient l'entreprise familiale en bonne santé – grâce aux directeurs que son père, qui préférait se consacrer à ses plaisirs, avait mis en place.

En vérité, Max continuait de se sentir responsable de James et Izzy, et depuis quelque temps son rôle d'aîné lui pesait.

Et maintenant sa sœur ne voulait pas qu'il la retrouve ?

Il veillait sur elle depuis douze ans ! Il l'avait aidée à choisir sa voie et lui avait offert un poste en or ! Combien de jeunes filles sortant de l'université, leur diplôme d'études commerciales en poche, avaient l'opportunité de créer une boutique-hôtel à Hawaï avec un minimum de supervision, libres d'imprimer leur propre marque et de faire leurs preuves ?

— C'est ridicule, déclara-t-il, péremptoire. Je boirais bien une autre bière. Et je mangerais volontiers quelque chose.

Se tournant vers le bar, il fit signe à Rae.

— En quoi est-ce ridicule ? demanda Mia.

— Que vous a dit ma sœur, exactement ? Vous comptez vous en tenir à l'eau et refusez de manger avec moi ?

Elle jeta un coup d'œil rapide au menu plastifié déposé par Rae sur la table, puis commanda comme lui une bière artisanale et des ailes de poulet grillées au barbecue.

— Izzy savait que vous voudriez la retrouver.

— Évidemment.

— Elle…

— Elle… ? Parlez ! s'exclama Max, réprimant son impatience à grand-peine.

Pourquoi cette réticence après avoir dit crûment ce qu'elle pensait, bon sang !

Il l'observa en plissant les yeux. Elle avait les pommettes rose vif et fixait le menu pour ne pas croiser son regard. Cette femme l'agaçait au plus haut point, mais il ne pouvait s'empêcher de la trouver ravissante, avec sa peau mate et lisse, et ses yeux noisette si expressifs.

Comme pour confirmer son intérêt, sa libido se manifesta sans équivoque – et de manière tout à fait inappropriée –, l'obligeant à remuer légèrement sur sa chaise.

Pas question de divaguer. Il était venu à Oahu dans un

seul but : retrouver sa sœur. L'entreprise se révélait plus laborieuse que prévu, mais il ne doutait pas d'obtenir rapidement les informations dont il avait besoin. Il n'avait pas l'intention de s'éterniser à Hawaï, ses affaires le réclamaient à Londres, des rendez-vous importants étaient prévus, et il n'annulerait *aucun* d'entre eux.

— Écoutez, je ne suis pas d'humeur à plaisanter. Mon emploi du temps est très serré. Je n'ai pas de temps à perdre avec…

— Izzy ne veut pas être forcée de revenir ici. Elle a besoin de recul pour s'éclaircir les idées. Elle… Elle avait entamé une relation avec quelqu'un et les choses ne se sont pas passées comme elle l'aurait souhaité.

Max se raidit.

— Racontez !

— Je vous en ai déjà trop dit, mais franchement, Izzy a juste besoin d'un peu de temps pour se remettre.

— Que s'est-il passé ?

— Rien ! C'est justement ça, le problème. Il ne s'est *rien* passé du tout ! Et je pense qu'Izzy espérait que cela débouche sur une relation plus… sérieuse.

— Qui est cet homme ?

— Peu importe, murmura Mia.

Quand elle le regarda, la colère assombrissait les yeux bleus, les rendant presque noirs.

— J'ai du mal à imaginer ma sœur avec un salaud, dit-il, la voix rauque.

— Peut-être que vous avez du mal à l'imaginer avec un homme tout court, répliqua-t-elle avec douceur.

Elle s'appuya au dossier de sa chaise et se rendit compte qu'elle n'avait pas touché à sa bière. Elle était tellement concentrée sur Max qu'elle ne s'était même pas aperçue que Rae l'avait apportée. Il émanait une telle énergie, un tel charisme de cet homme qu'elle en arrivait à oublier tout ce qui les entourait.

Comme Rae revenait et déposait les grandes assiettes sur la table, Mia but quelques gorgées de bière avant d'entamer son plat. Avait-elle eu raison de donner ces détails au frère d'Izzy ? De faire allusion à son histoire avec Jefferson ? Mais sinon, comment aurait-elle pu l'empêcher de mettre sa menace à exécution ? Car il pouvait très bien demander à un enquêteur privé de retrouver Izzy. Il suffisait sans doute d'un simple coup de fil.

Alors, oui, elle avait bien fait.

Mais quand même…

Mia se concentra sur la viande savoureuse et l'assortiment de légumes grillés, mais son cœur lui martelait les côtes tandis qu'une tension épouvantable l'étreignait tout entière.

— Que voulez-vous dire par là ?

La voix de Max la fit tressaillir.

— Parfois, il faut s'effacer et laisser ceux qu'on aime commettre des erreurs. Libre à eux d'en tirer profit ou non.

— Je déduis de cette remarque que vous et ma sœur avez eu nombre de conversations intimes. Izzy ne m'a *jamais* laissé entendre qu'elle me trouvait trop protecteur.

— Eh bien, vous vouliez savoir pourquoi elle avait disparu et je vous ai répondu. Je n'ai rien d'autre à ajouter.

Repoussant son assiette, elle s'essuya les doigts avec la serviette chaude et humide apportée avec les ailes de poulet.

De son côté, il avait bu deux bières et englouti avec appétit sa généreuse portion de *poke* – plat hawaïen composé de cubes de poisson cru marinés dans un mélange à base de sauce soja.

Comment réagirait-il si elle lui disait que la petite sœur dont il s'était occupé pendant des années n'avait plus besoin de lui ? se demanda Mia en le regardant à la dérobée. Izzy lui avait parlé de la mort de ses parents, de l'attitude irresponsable de ceux-ci. Pas en détail, mais suffisamment pour qu'elle se fasse une idée de ce que les trois enfants avaient vécu.

Elle éprouvait de la compassion pour Izzy. Elle avait compris comment était son frère aîné. Déterminé, ambitieux, *étouffant*. Mais sans jamais l'avoir rencontré en chair et en os ; c'était facile de se faire une opinion d'une personne en se fondant sur les dires de quelqu'un.

En revanche, Mia ne pouvait concevoir de vivre sans le soutien de parents, sans le rire, l'agitation et les bagarres inhérentes à la vie de famille. Elle avait grandi entourée de quatre sœurs, de neveux et de nièces se réunissant le plus souvent possible parce qu'ils aimaient se retrouver. Toute famille avait ses problèmes, c'était l'essence même de la vie, mais elle ne pouvait imaginer la tristesse et le silence que son amie semblait avoir connus.

— Je suis désolée, dit-elle tout à coup.

— De quoi ?

— Cela ne doit pas être agréable pour vous d'apprendre que votre sœur ne souhaite pas que vous… partiez à sa recherche.

— Merci pour ce témoignage de sympathie, répliqua-t-il en détournant les yeux, les mâchoires crispées. Mais ne vous inquiétez pas pour moi, je m'en remettrai.

— Si vous décidez d'engager quelqu'un pour la retrouver, je ne pourrai pas vous en empêcher. Mais je ne pense pas que ce serait une bonne idée.

— Que s'est-il passé avec cet homme ? Y a-t-il eu des violences ?

— Mais non ! s'exclama Mia, suffoquée. Vous n'avez *aucune* inquiétude à avoir de ce côté-là ! Jefferson était un imbécile, voilà tout.

Elle sentit, davantage qu'elle ne vit, le soulagement qui envahit Max à ses paroles. Et, lorsqu'elle proposa de partager l'addition et qu'il la regarda, elle vit une lueur amusée danser dans les yeux bleu saphir.

— Je pourrais compter sur les doigts d'une seule main le nombre de femmes qui m'ont proposé de partager l'addition, dit-il. Non, c'est faux. Je n'ai *jamais* connu aucune femme qui m'ait proposé de partager l'addition. Alors, merci.

Mia rougit. Un frisson la parcourut. La conversation avait pris un tour différent, une coloration presque… sensuelle.

— En ce qui me concerne, je tiens toujours à payer ma part quand je sors avec un homme, répliqua-t-elle d'un ton brusque.

— Ce qui vous arrive fréquemment, je présume ?

Mon Dieu, elle devait être cramoisie, maintenant. Depuis Kai, elle avait bien accepté quelques rendez-vous… qui avaient tous débouché sur une relation amicale.

Ce n'était même pas elle qui avait organisé ces sorties, cinq en tout. Une de ses sœurs s'en était chargée, et Mia avait accepté de jouer le jeu pour ne pas la blesser. Elle était l'exception de la famille, la seule à ne pas avoir de partenaire. Deux de ses sœurs étaient mariées et avaient des enfants, et les deux autres étaient fiancées. Elle-même avait vingt-sept ans et elle savait très bien ce que les autres pensaient sans le dire à voix haute :

*Quand va-t-*elle se caser ? Quand va-t-elle oublier son mariage raté, tourner la page, et se trouver un type bien… ?

— Il se fait tard, déclara-t-elle, esquivant la question de Max.

Elle empoigna son sac à dos.

— Il est hors de question que je vous laisse payer de simples ailes de poulet grillées et une bouteille de bière, décréta Max d'un ton sans appel.

— Dans ce cas… Merci, murmura Mia. Surtout que je ne vous ai pas donné les réponses que vous attendiez. Maintenant, je file, si cela ne vous dérange pas. Si Izzy m'appelle, je serai obligée de lui dire que je vous ai parlé de son histoire avec Jefferson. Et, si elle me charge de vous transmettre un message, je le ferai, bien sûr. Mais sinon…

Si Izzy tenait à couper temporairement les ponts avec son frère, elle n'y pourrait rien.

Max se leva et laissa tomber quelques billets sur la table.

— Je vous raccompagne.

— Ce n'est pas la peine, répondit Mia en se levant à son tour.

Subitement, elle se sentit ridicule dans son sarong, son T-shirt informe et ses tongs, surtout comparée à lui.

— En fait, dit-il lentement en lui emboîtant le pas en dépit de scs protestations, nous n'avons pas terminé cette conversation.

Mia tourna la tête vers lui.

— Comme je vous l'ai dit, je ne…

— Oh ! je sais ce que vous avez dit, et je suis d'accord avec vous.

— Pardon ? demanda-t-elle, décontenancée.

Quand il lui prit soudain le coude pour éviter deux gamins qui passaient à côté d'eux en courant, ce simple contact lui fit l'effet d'une décharge électrique qui la traversa de part en part.

Sans lui lâcher le coude, il l'entraîna vers la route séparant la plage de la ville. Oahu, la plus peuplée des îles de l'archipel, était surnommée « Le point de rassemblement », et Honolulu, la capitale, se targuait de posséder bars et restaurants, galeries d'art et musées, et tous ces bâtiments formaient un arrière-plan lumineux qui s'étendait à perte de vue. L'océan noir apaisait tandis que la frénésie de la ville excitait les sens. La chaleur, le bruit, le bourdonnement des voix, de la circulation, de la vie, produisaient toujours le même effet grisant sur Mia.

Cependant, ce n'était pas cela qui agissait sur elle tandis qu'elle marchait près de Max. Sa proximité affectait tous ses sens. Même s'il lui avait lâché le coude. Il suffisait qu'il soit là, tout proche d'elle, pour la faire frémir au tréfonds d'elle-même.

— Mon hôtel, dit-il en désignant le prestigieux palace d'un petit mouvement de la tête.

Comme il fallait s'y attendre, le puissant P-DG avait choisi le plus luxueux de tous les établissements de Honolulu. Avec vue sur la mer. Mais, s'il croyait continuer leur conversation à l'intérieur de cet hôtel, il se faisait des idées. Parce qu'à la simple perspective d'entrer dans ce palace avec Max, de se retrouver avec lui dans un endroit cosy, intime, Mia avait des sueurs froides.

— Je suis désolée, mais je dois rentrer, dit-elle précipitamment tandis qu'ils traversaient la chaussée.

— Vous recommencez ! répliqua-t-il en riant. Vous soupçonnez déjà le pire. Je n'avais pas l'intention de vous draguer sur la plage et je ne cherche pas davantage à vous attirer dans un guet-apens !

Mortifiée, elle rougit de plus belle. Que se figurait-il ? Qu'elle possédait un ego surdimensionné et se croyait irrésistible ?

Au fond, la situation était plutôt comique, parce que Mia se trouvait stupide de s'être trompée à ce point sur sa relation avec Kai et en avait gardé un sentiment de honte dont elle n'arrivait pas à se débarrasser. Alors, imaginer que Max, ou n'importe quel autre homme, puisse la croire imbue de sa personne n'aurait pu être plus éloigné de la réalité !

D'autre part, elle n'avait pas à se justifier, parce que

l'opinion de Max ne comptait pas. Ce qui ne l'empêchait pas d'être irritée par sa méprise.

— Je vous invite à me suivre à l'intérieur de cet hôtel parce que ce sera plus facile pour vous de trouver un taxi quand vous voudrez rentrer chez vous.

— Les transports publics me conviennent parfaitement.

— Vous êtes comme ça avec tout le monde, ou seulement avec moi ? Pourquoi contestez-vous tout ce que je dis ou propose ? Je suis prêt à reconnaître que vous pourriez avoir raison à propos de ma sœur. C'est assez… décevant de découvrir qu'Izzy puisse avoir peur de me parler de ce qui la préoccupe, mais je l'accepte.

Il ralentit à l'approche des impressionnantes colonnes entourant l'entrée de l'hôtel, sur lesquelles s'appuyait un fronton semi-circulaire de marbre. Un portier en uniforme se tenait à proximité, et une file de taxis attendaient le long du trottoir.

S'arrêtant, Max se tourna vers elle. La bouche sèche, Mia contempla le beau visage viril sur lequel jouait la lumière provenant des lampadaires.

Izzy avait-elle *peur* de lui parler ? Non, ce n'était pas vraiment le cas. Mais elle ne trouvait pas le terme approprié. Elle avait même du mal à respirer.

— Vous me dites qu'elle ne veut pas que je sache où elle est partie. Très bien. Je vais devoir vous croire sur parole quand vous affirmez que la cause de son retrait est strictement personnelle, qu'elle traverse une période un peu difficile mais ne court aucun danger, et que par conséquent je n'ai pas lieu de m'inquiéter…

— Vous semblez ignorer qu'une rupture peut être très douloureuse, ne put s'empêcher de répliquer Mia.

Peine perdue. De toute évidence, Max ne comprenait pas de quoi elle parlait. Il reconnaissait que faire appel à un enquêteur privé n'était pas une bonne idée, et il la croyait quand elle disait qu'Izzy n'était pas impliquée dans une histoire louche. Mais, à en juger par l'expression cynique qui empreignait ses traits, la notion même de cœur brisé lui était totalement étrangère.

Il était si froid, si distant… Si maître de lui-même.

N'avait-il jamais souffert d'une rupture amoureuse ? Elle se souvenait d'avoir entendu Izzy dire qu'il était un travailleur acharné. Consacrait-il vraiment tout son temps à son entreprise ? Ne s'accordait-il aucun plaisir ?

Avec un physique pareil, il devait avoir le choix, pourtant… Les femmes les plus sophistiquées devaient se jeter à ses pieds, prêtes à tout pour lui plaire et obtenir ses faveurs…

Une chaleur inconnue envahit soudain tout son corps

— En effet, acquiesça-t-il avec calme.

Le regard rivé au torse puissant, Mia s'efforça de refouler les images qui défilaient dans son esprit tandis qu'elle se demandait à quoi il ressemblerait sans ce polo blanc.

— Vous m'écoutez, Mia ?

Elle leva les yeux vers lui et hocha la tête.

— Oui, mais je ne comprends pas pourquoi vous tenez à poursuivre cette conversation. Je vous ai dit tout ce que je pouvais vous dire. J'ai mauvaise conscience d'avoir trahi la confiance d'Izzy, même si c'était la seule façon de vous empêcher de recourir à un enquêteur privé. Mais maintenant, vous savez pourquoi elle a disparu et aussi qu'elle reviendra. Et je suis certaine qu'elle prendra contact avec vous très rapidement. Alors, de quoi pourrions-nous encore parler ?

Max soupira.

— De votre statut d'employée, évidemment…

Mia se figea. Comment pouvait-elle avoir oublié une chose aussi importante ?

— Je… Oui…

— Je suis désolé de vous empêcher d'aller vous reposer, mais nous devons en discuter en profondeur. Et sans être interrompus par des bruits de moteur et des klaxons. Alors je propose que nous entrions dans cet hôtel et que nous allions nous installer au bar.

Il s'interrompit un instant.

— Mais si vous y voyez un inconvénient quelconque, nous pouvons rester ici, naturellement. Et je ne tenterai plus de vous convaincre que nous serions mieux à l'intérieur.

Autrement dit, la main de fer dans le gant de velours. Elle travaillait pour lui et, comme tout employeur, il était en droit d'imposer sa volonté. Comme il venait de le lui faire comprendre.

Mia serra les poings. Jamais elle n'avait eu autant envie de gifler quelqu'un.

— Comme vous voudrez, acquiesça-t-elle avec un sourire forcé.

Max la contempla en silence pendant quelques instants, puis hocha la tête et s'avança vers les larges portes vitrées.

Quel homme impossible ! songea-t-elle en le suivant dans l'immense hall qui baignait dans une lumière dorée. Quant à elle, elle déparait complètement dans cet endroit luxueux où évoluaient des touristes élégants et raffinés.

Quatre colonnes de marbre divisaient le vaste espace, leur blancheur contrastant avec le parquet sombre recouvert en partie de somptueux tapis aux motifs floraux. Tout respirait l'opulence, dans les moindres détails, et Mia se sentait affreusement déplacée au milieu de ce luxe ambiant.

Max l'invitant à s'asseoir dans un fauteuil recouvert de velours grenat, elle s'exécuta, soulagée de pouvoir se réfugier dans un endroit relativement protégé des regards curieux dardés sur elle. Derrière le bar, de jeunes serveurs à l'allure branchée s'affairaient, à la fois professionnels et décontractés.

Une fois qu'il fut installé en face d'elle et eut commandé leurs boissons, Mia se pencha en avant et croisa les doigts sur la table.

— Vous avez dit que vous souhaitiez me parler de mon... statut d'employée. Je ne vous ai pas donné les réponses que vous attendiez, je sais, mais répondez-moi franchement, s'il vous plaît : je fais toujours partie du projet, ou pas ?

Sa voix avait tremblé tant Mia était anxieuse à la perspective de perdre un job aussi intéressant et aussi lucratif. Que ferait-elle si elle se retrouvait virée du jour au lendemain ? Comment expliquerait-elle sa situation à la banque ?

— Du calme, Mia.

Il s'interrompit et regarda le serveur déposer leurs verres et deux coupelles en porcelaine blanche contenant des noix de cajou grillées.

— Comment voulez-vous que je sois calme ? Vous m'avez carrément fait du chantage, tout à l'heure, tant vous étiez déterminé à obtenir les infos dont vous aviez besoin.

Pas le moins du monde ému par ses accusations, il se contenta de hausser une épaule musclée.

— En amour comme à la guerre, tous les coups sont permis. Si j'avais pensé que vous déteniez des informations indiquant que ma sœur était en danger, je ne vous aurais pas ménagée et j'aurais obtenu ces informations coûte que coûte.

Il souleva son verre et en but une gorgée.

— Or il se trouve que je vous crois lorsque vous dites qu'Izzy ne court aucun danger, poursuivit-il. En ce qui me concerne, je ne comprends pas qu'une déception amoureuse puisse conduire à lâcher un job de rêve et à laisser ses collaborateurs se débrouiller tout seuls, mais nous ne sommes pas d'accord sur ce sujet, manifestement.

Il n'avait toujours pas répondu à sa question.

S'attendant au pire, Mia saisit son verre et but quelques gorgées de son cocktail pour se donner du courage.

— J'en arrive à l'essentiel, reprit Max. En l'absence d'Izzy, je vais être obligé de rester ici un peu plus longtemps que prévu.

— Pourquoi ?

— Vous n'avez pas une petite idée ? répliqua-t-il en haussant les sourcils.

Pas question de se laisser intimider.

— Nat est génial, lui fit-elle remarquer. Kahale aussi. En plus, les travaux ne font que commencer.

Se rendant compte qu'elle avait le dos raide comme une planche, Mia inspira profondément pour tenter de se détendre.

— Côté construction, les équipes d'ouvriers sont à pied d'œuvre, et je sais par ailleurs qu'il y a eu des retards concernant certaines fournitures, mais le problème a été résolu. Aucun installateur n'est présent pour l'instant parce qu'il reste encore beaucoup de travaux préliminaires à faire. Et comme il s'agit d'un hôtel de taille relativement modeste – vingt chambres –, il ne devrait pas y avoir trop de difficultés. Nat a beaucoup d'expérience en tant que chef de chantier.

Max la dévisagea en silence, redoublant ainsi sa nervosité.

— Vous êtes très au courant de ce qui se passe, finit-il par murmurer. Et de toute évidence vous savez de quoi vous parlez.

Il ne se moquait pas d'elle, comprit Mia. C'était le moment d'en profiter.

— J'ai été embauchée pour m'occuper des aménagements paysagers. Comme vous le savez, nous disposons de beaucoup de terrain ! Je précise que, en accord avec l'aspect écologique du projet, j'ai fait en sorte de respecter au maximum la diversité de la végétation indigène. Je suis une fervente adepte de…

— J'ai compris le message.

L'ombre d'un sourire passa sur les lèvres de Max. Son but avait été de lui démontrer qu'elle était polyvalente, mais ce qu'elle avait dit suffirait peut-être à le convaincre de la garder dans l'équipe.

Devait-elle lui montrer sa série de dessins à l'échelle pour lui expliquer comment elle comptait réserver une partie du terrain à la plantation d'arbres fruitiers et de légumes ? Les travaux avaient déjà commencé et elle pourrait lui décrire en détail les différents stades de son projet.

Elle pourrait même l'emmener sur le chantier. Max comprendrait plus facilement ce qu'elle envisageait de faire…

Mais cela impliquerait de le revoir, de s'exposer de nouveau à sa proximité troublante… Mia frémit intérieurement à cette perspective. Elle attendrait un peu avant de lui faire cette proposition.

De toute façon, il ne paraissait pas très enthousiasmé par ses explications. Il se contentait de la regarder, l'air songeur.

— Cela doit vous paraître un peu étrange que mes activités se soient autant diversifiées. Ce n'était pas prévu dans le contrat, je sais.

Toujours aucune réaction.

— C'est une petite équipe, reprit-elle avec courage. Si on exclut les ouvriers à proprement parler, il n'y a en fait pour le moment que moi, Nat, Kahale… et Izzy, bien sûr.

— Qui n'est plus disponible…

— Mais qui sera bientôt de retour ! affirma Mia avec une conviction qu'elle était loin d'éprouver.

Parce que Izzy était partie pour se remettre de son histoire d'amour ratée, mais pas seulement. Elle voulait aussi fuir une existence qu'elle n'avait pas vraiment choisie. Un job qui ne lui permettait pas d'exprimer sa créativité. Izzy avait délégué une partie de son travail à Mia parce qu'elle détestait s'occuper de la paperasse et avait horreur de devoir négocier avec les fournisseurs et les banquiers, surtout par téléphone.

Par conséquent, elle ne reviendrait pas transformée. Elle n'allait pas s'inventer une passion pour un travail qu'elle n'aimait pas et pour lequel elle n'était pas faite.

— En revanche, vous êtes là, bien présente, poursuivit-il lentement, comme si elle n'avait rien dit. Tout comme moi, puisque dans l'immédiat je suis contraint de rester ici. Ma sœur a besoin de temps, je dois bien l'accepter. Mais quelqu'un va devoir la remplacer et me tenir au courant de l'avancée du projet.

Il la regarda, décontracté mais déterminé.

— Que voulez-vous dire ?

En réalité, Mia savait très bien ce qu'il voulait dire.

— Izzy m'a fait faux bond, mais puisque vous, vous êtes là, le moment est venu de monter au créneau.

3.

Non seulement rien ne se déroulait comme Max l'avait escompté, mais la situation l'obligeait à sortir de sa zone de confort.

Peu d'individus auraient été capables de vivre comme lui sans tomber dans la dépression nerveuse. Il ne s'arrêtait jamais. Ses exigences professionnelles passaient avant toute autre considération. Il le savait et l'acceptait, sans se demander s'il aurait dû changer ses priorités. À quoi bon ? Il aimait diriger, contrôler, et il contrôlait tous les aspects de sa vie.

Il travaillait dur. Sous pression, et cela aussi lui plaisait. Il avait suffisamment d'argent pour vivre dans le luxe, mais sans pour autant envisager de ralentir son rythme. Il consacrait de longues heures à l'entreprise et, quand il se reposait, il le faisait en compagnie de femmes connaissant les règles et sachant à quoi s'en tenir avec lui. Max était un homme, un vrai, à la libido exigeante, et le beau sexe occupait une place bien définie dans sa vie. Il n'avait jamais, pas une seule fois, permis à sa libido de l'emporter sur sa raison.

Ses parents lui avaient donné l'exemple à ne pas suivre. En tant qu'aîné de la fratrie, il avait mesuré les conséquences de l'irresponsabilité de ceux qui, au lieu de montrer la voie à leurs enfants, s'étaient entièrement consacrés à leur passion et à leurs plaisirs. Ils avaient passé leur existence à jouer, confiant la gestion de l'entreprise familiale à des directeurs compétents.

Max avait été envoyé en pension dès l'âge de sept ans. À dix ans, il avait renoncé à tout espoir de voir ses parents montrer un quelconque intérêt pour ses réussites. À l'adolescence, il avait cessé de se préoccuper de leur sort.

Petit à petit, il avait verrouillé toute émotion en lui. Naturellement doué pour les études et aimant le sport, il en avait fait les deux piliers de son existence. Sur un terrain de rugby ou lors d'un examen de physique, il savait à quoi s'en tenir sur ses capacités. Par la suite, sa détermination s'était encore renforcée, le conduisant là où il se trouvait maintenant. Content de son sort et fier de tenir les rênes, sachant parfaitement où il allait et certain de ne jamais dévier de la voie qu'il s'était tracée.

Jusqu'à maintenant. Parce que, à son grand dam, la situation présente ne cadrait pas avec ses prévisions. Il avait réveillé son assistante personnelle à 6 heures du matin pour lui donner ses consignes à propos de divers rendez-vous qui devraient être reportés, ou délégués à deux de ses directeurs de confiance. James serait joignable en cas de besoin, mais celui-ci se concentrait sur la branche d'activité de l'empire familial dont il assurait la direction.

À présent assis dans la salle de réunion de l'hôtel réquisitionnée pour ses besoins personnels et attendant l'arrivée de Mia, il essaya de planifier la semaine à venir. Mais, même en remplissant les journées au maximum, il devait bien admettre qu'il était impossible de fixer la date de son retour à Londres. Une seule chose était certaine : son séjour à Oahu ne pouvait excéder deux semaines. Or, habitué à un emploi du temps réglé à la minute près, Max ne supportait pas d'être dans l'impossibilité de déterminer le moment précis de son départ.

Mia s'arrêta sur le seuil. Absorbé dans ses pensées, Max ne l'avait pas entendue ouvrir la porte. Appuyé au dossier de son fauteuil en cuir, l'ordinateur posé devant lui sur la longue table ovale, il avait la tête tournée vers l'immense baie vitrée donnant sur le sommet des gratte-ciel qui se découpait sur le ciel bleu.

Immobile et retenant son souffle, elle en profita pour admirer le magnifique profil et le corps athlétique qui paraissait totalement détendu.

Il portait un jean de créateur noir, un polo gris clair et les mocassins en cuir souple de la veille, en parfaite harmonie avec la vaste salle aux murs ivoire sur lesquels tranchaient des buffets bas en noyer satiné. Quelqu'un y avait déposé des coupes de fruits et quelques pâtisseries.

Peut-être aurait-elle dû frapper… Mais elle n'était pas sa secrétaire, après tout. Elle travaillait néanmoins pour lui. En remplacement d'Izzy. Aussi devait-elle le mettre au courant de l'état d'avancement du projet. Sans doute serait-ce leur unique réunion de travail. S'il avait besoin d'informations complémentaires, il pourrait s'adresser à Nat.

Étrangement, Mia ne se sentait pas fatiguée alors qu'elle avait à peine fermé l'œil de la nuit. Pas parce qu'elle était préoccupée par l'apparition subite du frère d'Izzy, ou par le fait de lui avoir confié des informations que son amie lui avait demandé expressément de garder pour elle.

Ce qui l'avait perturbée et tenue éveillée, c'était de ne pas comprendre ses réactions face à Max. Les mêmes images passaient et repassaient dans son esprit : les traits ciselés du beau visage viril, le corps musclé, les longs cils épais, l'intensité du regard bleu saphir…

Sa présence faisait naître en elle des sensations inconnues et incompréhensibles qui la déstabilisaient, parce que surgies de nulle part et beaucoup trop intenses.

Mia s'éclaircit la gorge. Il tourna la tête vers elle. Heureusement, ses jambes lui obéirent si bien qu'elle s'avança vers lui, mais sans savoir où elle devait s'asseoir. Max lui facilita la tâche en désignant du menton la chaise voisine de la sienne.

Il était en tenue décontractée alors que de son côté elle avait choisi ses vêtements les plus classiques, c'est-à-dire une jupe droite noire lui arrivant au genou, un chemisier blanc et des ballerines plates. Alors que d'ordinaire elle passait sa vie en jean, ou en short, et T-shirt, adoptant le sarong quand elle donnait ses cours de surf aux enfants. Quant aux chaussures, c'étaient tongs, sandales ou baskets.

Une lueur amusée traversa les yeux bleus.

Les lèvres pincées, Mia s'assit sur le bord de la chaise.

— Détendez-vous.

— J'ai imprimé quelques données et chiffres qui pourraient vous intéresser, dit-elle, résolue à rester professionnelle jusqu'au bout des ongles.

Elle se pencha vers son sac à dos posé à côté de sa chaise et en sortit un classeur plastifié qu'elle tendit à Max. Comme il ne le saisissait pas, elle le posa sur la table d'une main légèrement tremblante.

— Je suppose que ce dossier ne contient rien que je n'aie déjà découvert moi-même.

Il s'adossa à son fauteuil et la regarda un instant.

— Commençons par le début, reprit-il de sa voix grave et sensuelle.

Pour ne rien arranger, il croisa les mains derrière sa nuque, donnant à Mia la vision du mâle parfaitement à l'aise et sûr de lui. Et super sexy.

— Inutile de changer vos habitudes vestimentaires parce que votre rôle a été légèrement modifié.

Si seulement elle avait pu ne pas rougir comme une idiote !

— Je ne pense pas qu'un sarong, un T-shirt et des tongs auraient été appropriés aux circonstances.

— Peut-être, mais rien ne vous oblige à porter des vêtements dans lesquels vous ne vous sentez pas à l'aise.

Il avait dit cela presque… gentiment.

Au comble du supplice, Mia demeura silencieuse. Elle travaillait pour lui, aussi allait-elle devoir réprimer sa propension à riposter à la moindre de ses remarques.

— Je me suis entretenu avec Nat hier soir, poursuivit Max. Il m'a mis au courant des problèmes d'approvisionnement en bois de construction. Ce qui me laisse penser qu'Izzy n'a pas été à la hauteur. Je pensais lui faire une faveur en lui confiant la quasi entière responsabilité de ce projet de A à Z. Il semble que je me sois trompé.

— Elle n'a que vingt-deux ans ! protesta Mia.

— Vous seriez surprise de savoir ce qu'un individu dc cet âge est capable de faire quand il se retrouve dans une situation à laquelle il n'a même pas été préparé, rétorqua Max avec calme. Nous avons communiqué par mail, et de temps en temps par téléphone. Ces échanges m'avaient donné l'impression que nous allions vers un établissement de luxe haut de gamme, et que ma sœur était déterminée à ne pas lésiner sur la dépense. Or, d'après ce que m'a dit Nat, ce n'est pas du tout ce qu'elle envisageait.

— Je ne suis pas la mieux placée pour en parler…

— J'avais prévu de parcourir les données financières avec vous, continua Max d'un ton plus dur.

Il referma le capot de son ordinateur et se leva.

— Mais je pense qu'il serait plus judicieux d'aller

directement sur le chantier pour que je me rende compte par moi-même du stade où en est le projet.

Dès qu'elle se fut levée à son tour, il se dirigea vers la porte.

— Nous allons travailler en extérieur, sur un site pas forcément fait pour la promenade, poursuivit-il sans se retourner. Par conséquent je vous suggère d'aller vous changer et de mettre ce que vous portez d'habitude quand vous allez travailler sur le terrain.

Chacune de ses paroles ulcéra Mia. Non seulement il bousculait son emploi du temps usuel, mais en plus, alors qu'elle avait fait un effort pour ressembler le plus possible à une assistante digne de ce nom, il se permettait de lui donner des conseils sur sa tenue vestimentaire et l'envoyait se changer !

— D'accord, répondit-elle en le suivant, les épaules et le dos raides.

Il se retourna et posa la main sur son bras, la faisant tressaillir violemment.

— Je vais vous déposer chez vous et j'attendrai que vous vous soyez changée.

— Pourquoi ? demanda-t-elle, le cœur battant la chamade.

— Parce que ce sera plus pratique. J'ai un chauffeur. Vous pourrez me renseigner sur la conception globale du projet en chemin, et ensuite il nous conduira au chantier et vous me servirez de guide.

Mia acquiesça d'un bref hochement de tête et, toujours aussi raide, traversa le vaste hall avec lui avant de déboucher bientôt dans la lumière éblouissante du soleil.

Il avait raison. Si elle allait sur le chantier dans cette tenue, elle risquerait de se trouver mal. Mais cela ne l'empêcha pas de se sentir affreusement guindée quand elle s'installa sur la banquette arrière de la Mercedes puis indiqua son adresse au chauffeur.

C'était le grand style. Le chauffeur, en uniforme, connaissait manifestement son métier et ne s'exprimait que lorsqu'on lui adressait la parole, tandis qu'il conduisait la Mercedes – aux vitres fumées et climatisée, naturellement – avec souplesse et élégance.

Mia caressa le cuir moelleux du bout du doigt et, tournant les yeux vers Max, s'aperçut qu'il la regardait faire avec un petit sourire en coin.

— Je ne peux pas m'en empêcher, se défendit-elle.

— Vous empêcher de quoi faire ?

— Je n'étais encore jamais montée dans une voiture aussi somptueuse, reconnut-elle.

Cette fois, Max sourit franchement. Il avait commencé sa journée à 5 heures précises, consulté ses mails et appelé toutes les personnes susceptibles d'être joignables à cette heure-là, en tenant compte du décalage horaire. Ensuite, il avait réfléchi un long moment à la situation, se repassant mentalement les quelques explications de Mia. Izzy avait spécifiquement demandé qu'il ne cherche pas à la retrouver. *Spécifiquement.* Il avait bien remarqué l'embarras de Mia quand elle lui avait donné ce détail et il pressentait qu'Izzy avait dû être encore plus catégorique.

Mia avait voulu le ménager. Mais il avait néanmoins reçu un choc, il avait même été blessé d'apprendre que sa sœur voulait à tout prix le tenir à l'écart.

Il avait toutefois choisi de ne pas s'appesantir sur ses propres réactions, parce que le plus important était de se faire une idée exacte de l'avancée du projet. Il avait confié trop de responsabilités à sa sœur, persuadé qu'elle le mènerait à bien Et, au fond de lui-même, il était conscient de ne pas avoir tenu compte de la personnalité et des aspirations d'Izzy. De n'avoir même pas cherché à l'interroger sur ce qu'elle souhaitait réellement faire. À la mort de ses parents, il avait dû assumer des responsabilités écrasantes. Il avait alors l'âge qu'elle avait maintenant, certes, mais ils ne se ressemblaient guère et avaient une expérience de la vie et des objectifs différents.

Izzy n'était pas lui.

Il lui avait offert ce qu'il considérait comme une opportunité en or – ce en quoi il avait peut-être raison –, mais de toute évidence sa sœur ne partageait pas ses idées et avait voulu faire les choses à sa façon. Sans l'ingérence de son grand frère. Et elle ne voulait pas davantage qu'il se mêle de sa vie personnelle.

L'introspection n'étant pas dans ses habitudes, Max avait commencé sa journée sur de mauvaises bases…

Ensuite, il était allé s'installer dans la salle de réunion une heure et demie avant l'heure à laquelle Mia devait le rejoindre, ce qui lui avait laissé largement le temps de constater que les suggestions qu'il avait formulées – fort de ses deux précédentes expériences dans le domaine hôtelier, bien qu'à une échelle beaucoup plus modeste – avaient été en grande partie ignorées.

Pour la première fois de sa vie professionnelle, il avait fait entièrement confiance à un collaborateur, une collaboratrice dans ce cas précis, et s'en mordait les doigts.

Mais, quand il avait tourné les yeux et aperçu Mia immobile sur le seuil, tout sentiment d'irritation s'était envolé.

Il aurait fallu être aveugle pour ne pas comprendre qu'elle n'avait pas la moindre envie de se trouver là. Sans doute avait-elle fait un effort pour être à la hauteur côté vestimentaire, mais le résultat était complètement raté…

Et, à en juger par son expression, il était responsable de ce malheureux changement de style.

Franchement, Max la préférait en T-shirt informe et sarong… Mais même dans cet accoutrement presque ridicule, et avec cette expression polie et docile, étrangère à sa nature spontanée, elle demeurait tout aussi ravissante.

Lorsqu'elle s'était assise à côté de lui et qu'il avait respiré les légers effluves de son parfum fleuri, Max avait dû s'appuyer en arrière à son dossier pour se protéger de l'effet produit sur ses sens par une proximité beaucoup trop troublante. Quant au genou et la jambe nue à la peau mate, il se sentait incapable de supporter cette vision durant plusieurs heures.

De toute façon, se rendre sur le chantier avec elle était une excellente idée. Mais, installé avec elle à l'arrière du véhicule, il avait de nouveau du mal à rester insensible à sa présence toute proche.

— Des tomettes à l'ancienne, dit-il d'un ton neutre en s'adossant à la portière afin de faire face à Mia. Une quantité absurde de bois et de bambou… Des lits à baldaquin…

— Pardon ?

— Je vous donne un aperçu des indications surprenantes sur lesquelles je suis tombé… et j'ai à peine commencé à examiner les différents dossiers. Comme vous paraissez être au courant de pas mal de choses, vous pourriez peut-être m'expliquer à quoi riment ces extravagances ?

Son regard descendit sur les lèvres pulpeuses. Son incapacité à se concentrer l'irritait et le stupéfiait. Max savait que les femmes adoptaient certains comportements en sa présence et il était tout à fait conscient d'avoir affaire à des tactiques étudiées avec soin et ayant pour but de capter son attention.

Il y était habitué, et cette petite comédie lui plaisait.

Soumis à un stress perpétuel dans sa vie professionnelle, il aimait pouvoir lâcher prise avec les femmes sans avoir de défis à relever.

Faire des efforts dans ce domaine le rebutait. Aussi était-il perplexe de se trouver irrésistiblement attiré par une femme ne cessant de le contredire, de contester ses paroles à tout bout de champ. Mia s'était même rebiffée dès l'instant où il avait décliné son identité. Même *avant* qu'il ne le fasse, en fait.

Il repensa à ses premières paroles : « Laissez tomber. »

À présent, elle le dévisageait d'un air méfiant, s'efforçant sans doute de se rappeler qu'elle était son employée et résistant à grand-peine au désir de se lancer dans une nouvelle diatribe.

Elle s'était fait un chignon strict, mais Max aurait aimé lui dire qu'en dépit de ses efforts pour se donner un look professionnel et sérieux, elle demeurait toujours aussi sexy et désirable à ses yeux.

Comment réagirait-elle s'il lui disait ce genre de chose ?

S'il déboutonnait le chemisier sage et glissait la main sous son soutien-gorge – qu'il supposait blanc, en coton ? À quoi ressemblerait-elle, à moitié nue ? Mia avait des petits seins bien ronds, et il s'imagina refermant la main sur la chair ferme et douce, caressant le mamelon, tandis que l'expression méfiante disparaissait, remplacée par l'abandon et la passion.

Max s'ordonna de se calmer. Il divaguait. Parce qu'il ne perdait jamais le contrôle de sa libido, et ne mélangeait jamais travail et plaisir. Cette femme était délicieuse, mais elle travaillait pour lui et à ce titre lui était interdite. Point final.

Immobile sur la banquette ultra-confortable, Mia soutint le regard de Max sans ciller. Quelque chose le tracassait. Non, l'irritait. Il avait les yeux presque noirs et semblait lui en vouloir à elle parce qu'il avait donné des instructions à Izzy – instructions qu'il considérait comme des *suggestions* — qu'elle avait *osé* ne pas respecter.

Face au stress ou à la contestation, il passait automatiquement en mode attaque et elle ferait bien de s'en souvenir, et de ne pas succomber à un faux sentiment de sécurité quand il usait occasionnellement de son charme.

Elle inspira, compta jusqu'à dix, puis dit d'une voix posée :

— Je suis au courant de certains aspects du projet qu'Izzy avait en tête, en effet, et je suis presque certaine qu'une fois que nous les aurons examinés ensemble, vous serez mieux en mesure d'appréhender sa vision des choses.

En réalité, Mia en doutait fortement. Il était trop… rigide. Et si différent de sa sœur. Jamais elle n'avait rencontré quelqu'un d'aussi sûr de soi et elle se demandait si la fascination qu'il exerçait sur elle ne venait pas en partie de cette assurance stupéfiante.

— Ce n'est pas ma première expérience dans le secteur hôtelier, répliqua-t-il. Je sais ce qui fonctionne.

— C'est-à-dire ?

— Le luxe. À outrance. Ceux qui payent une fortune pour séjourner dans ce genre d'établissement veulent en avoir pour leur argent.

— Nous sommes à Oahu… Dans un cadre invitant plutôt à la décontraction.

— Peu importe que nous nous trouvions à Oahu ou à Tombouctou, déclara Max d'une voix suave. Vous ne connaissez pas ce genre de milieu : les riches ont tendance à suivre des schémas de comportement identiques.

— Vous vous trompez peut-être.

— Quand il s'agit d'argent, je ne me trompe jamais, décréta-t-il avec son arrogance habituelle. Lorsque nos parents sont morts, je me suis retrouvé catapulté à la tête de l'entreprise familiale alors que je sortais à peine de l'université. Je suis passé sans transition de l'étude de cas à la pratique et, croyez-moi, il y a un gouffre entre les deux. L'entreprise se portait bien, mais sans plus. J'en ai fait un empire. Pour cela, j'ai appris, à chaque étape du processus, à savoir cibler les opportunités et à les exploiter au maximum. Par ailleurs, j'ai vite compris qu'il ne suffisait pas d'avoir des idées ou de les mettre en pratique, et que le plus important, c'était de savoir à qui, ou à quoi, l'on avait affaire.

Il la regarda un instant en silence avant de poursuivre.

— Dans le secteur hôtelier, les gens veulent se sentir choyés, même si cela se fait discrètement. Ils n'ont pas envie de payer des fortunes pour nager dans un vrai lac, avec de vraies algues et de la vraie vase. Ce qu'ils veulent, c'est une piscine désinfectée aux allures de lac et avoir le sentiment d'être immergés dans la nature, mais sans pour autant manquer de leur précieux confort.

— Quel cynisme, murmura Mia.

— Si vous voulez avancer dans la vie…

Max haussa les épaules.

— Vous devez être un peu cynique.

Brusquement, elle se rendit compte que le chauffeur venait de s'arrêter devant chez elle. Soulagée de pouvoir s'éloigner provisoirement de Max, elle descendit de voiture et entra dans sa petite maison dont elle apprécia aussitôt la fraîcheur. Cet endroit lui avait toujours plu et elle s'y sentait bien, notamment sur la véranda où elle avait installé de vieux fauteuils en rotin et une table en bambou. C'était le lieu idéal pour se détendre, avec le jardin en contrebas et l'océan qui miroitait au loin.

Pressée de se débarrasser de sa jupe et de son chemisier, Mia se dirigea droit vers sa chambre où elle enfila un jean, un T-shirt et ses chaussures de marche, puis quitta la maison et s'avança vers la Mercedes en serrant son sac à dos contre sa poitrine.

Quand elle se rassit à côté de Max, il mit un terme à sa conversation téléphonique puis glissa son smartphone dans la poche de son jean.

— Ah ! Vous avez renoncé à la panoplie de l'assistante modèle. Parfait. Vous vous sentez un peu moins coincée ?

— Je ne me sentais pas *coincée* ! protesta-t-elle vivement. Mais je me sens mieux équipée pour aller sur un chantier, c'est vrai.

— Nous ne nous y attarderons pas, finalement. Je n'y jetterai qu'un bref coup d'œil, mais je viens de prendre rendez-vous avec Nat pour cet après-midi. Nous discuterons des coûts car j'ai besoin d'une estimation globale avant d'aller plus avant dans ce projet. Si je n'aime pas la tournure que prennent les choses, tout le processus sera interrompu, et je veillerai à ce que mes consignes soient suivies à la lettre.

— Et que se passera-t-il lorsque Izzy reviendra ? Elle s'est investie à fond dans ce projet. Sa vision ne correspond pas à ce que vous aviez en tête, mais elle a consacré beaucoup de temps à…

— Vous parlez du passé. Nous sommes au présent. Je ne peux pas rester ici à attendre que ma sœur ait repris ses esprits et soit disposée à revenir, et de toute façon, quand elle se décidera…

Il s'interrompit et se passa la main dans les cheveux.

— Eh bien, son rôle devra être reconsidéré.

— Qu'entendez-vous par là ?

— Si elle n'aime pas certains aspects de son travail, je ne vois pas d'intérêt à la forcer à s'en occuper.

S'interrompant de nouveau, il ferma les yeux et appuya les doigts sur ses paupières, mais quand il regarda Mia il s'était ressaisi.

— J'ai l'intention d'embaucher un comptable à temps plein pour gérer l'aspect financier et, lorsque les choses prendront de l'ampleur, je ferai recruter du personnel pour la seconder.

Mia sentit ses préjugés s'effondrer d'un coup. Max venait de lui montrer que sous ses dehors durs et autoritaires, il dissimulait un fond généreux et affectueux. Et, s'il avait régenté la vie d'Izzy de manière draconienne, son attitude ne venait pas d'un manque d'affection pour elle.

Les expériences changeaient les gens, les obligeaient à prendre toutes sortes de directions qui parfois paraissaient illogiques ou dépourvues de sens à ceux qui les entouraient.

Avait-elle succombé elle aussi à ce travers ?

Elle s'était mariée jeune, cédant à un désir inconscient d'imiter ses parents et ses sœurs. Celui de se marier tôt, de fonder une famille et de reproduire des schémas familiers. Kai et elle s'étaient lancés dans le mariage aveuglément, sûrs de l'avenir et d'eux-mêmes, certains de s'installer sans encombre dans le merveilleux et bruyant chaos de la vie de famille.

Le beau rêve s'était vite écroulé, l'intimité partagée depuis toujours se muant rapidement en tension entre deux jeunes gens n'ayant jamais mis leur relation à l'épreuve. La cohabitation avait révélé des failles qu'ils n'avaient jamais remarquées auparavant.

Le divorce avait eu un prix. Mia avait renoncé à trouver le grand amour et dressé un portrait si exigeant et si précis de celui qui serait l'heureux élu que, les années passant, elle avait constaté que sa capacité à *éprouver* des sentiments diminuait un peu plus chaque année.

Alors, qui était-elle pour critiquer Max ? Sa rigidité, sa froideur, ne lui étaient pas venues par hasard. Quand on se retrouvait à la tête d'une entreprise à peine sorti de l'adolescence, avec un frère et une sœur à charge, il fallait bien s'endurcir. Sinon, on échouait sur les deux tableaux.

— C'est sans doute une bonne idée, déclara-t-elle.

— Le job vous tente ?

Mia se détendit et répondit en riant :

— Pas du tout ! Je suis assez douée pour la compta, mais je préfère travailler à l'air libre.

— Changement de programme.

— Pardon ?

— Vous assisterez au rendez-vous avec Nat. Il supervise le projet et a une bonne idée de la chaîne logistique, je sais, mais puisque vous êtes douée pour la comptabilité, votre contribution pourrait se révéler utile.

— Je me suis habillée pour aller sur le terrain, pas pour participer à une réunion de travail !

Leurs regards se rencontrèrent, restèrent soudés l'un à l'autre tandis qu'une chaleur incontrôlable se répandait dans tout le corps de Mia. Incapable de soutenir l'éclat des yeux bleus, elle baissa les siens, le souffle court et les joues en feu.

— À votre place, je me ficherais de ce que j'ai sur le dos quand vous êtes avec moi, murmura lentement Max. Vous pourriez entrer dans un restaurant étoilé par le guide Michelin vêtue d'un sac-poubelle que personne n'oserait hausser un sourcil.

Sur ces paroles, il demeura silencieux un si long moment

qu'elle finit par se résoudre à le regarder. Le cœur battant si fort qu'elle l'entendit résonner dans l'habitacle.

— Et de toute manière…

Il laissa descendre ses yeux sur le buste de Mia avec une lenteur insupportable.

— … Vous êtes ravissante quoi que vous portiez.

4.

Max passa *tout* en revue, depuis la quantité de clous commandée jusqu'au profil de chacun des membres des équipes devant intervenir au fur et à mesure de l'avancement des travaux.

Travailler avec lui était une véritable gageure. D'une intelligence redoutable, il avait à peine étudié un dossier qu'il passait au suivant. Mia s'accorda cependant rapidement à son rythme et s'habitua à devoir répondre à ses questions au quart de tour.

Finalement, la visite du chantier avait été remise à plus tard, mais elle savait qu'il s'y était rendu la veille avec Nat. De son côté, elle avait pris le temps de s'occuper de deux petits projets qu'elle menait en parallèle et qui l'obligeraient à se rendre sur place.

Elle ne travaillait pas toute la journée avec Max. Il s'était installé à demeure dans la salle de réunion de l'hôtel, où il organisait des téléconférences avec des interlocuteurs disséminés aux quatre coins de la planète. Mais, quand il s'agissait du projet d'Oahu, elle devait être présente et prête à répondre à toutes ses questions.

Sans s'inquiéter de savoir si cela lui poserait problème, Max lui avait annoncé de but en blanc qu'elle devrait mettre ses éventuels autres jobs en attente, parce que son temps étant précieux, il ne pouvait pas s'éterniser à Hawaï pour régler les problèmes laissés en plan par sa sœur.

Mia n'avait pas bronché mais avait tenu à mettre les points sur les *i* dès le premier jour.

— Mon travail au sein du projet avancera à *son* rythme et il est hors de question de hâter le processus. J'ai fait tous les croquis et dessiné tous les plans de manière à pouvoir donner un premier aperçu des aménagements que j'envisage pour la partie de terrain entourant l'hôtel à proprement parler, mais les achats et les plantations devront être effectués par étapes, et ne pourront raisonnablement pas démarrer avant que le travail de certaines parties de l'hôtel ait commencé.

— Et ? avait demandé Max en haussant un sourcil.

Trônant devant son ordinateur à l'extrémité de la longue table ovale, tout dans son attitude montrait qu'elle devait être brève parce qu'il avait autre chose à faire.

Debout à côté de lui, Mia avait redressé les épaules et continué :

— Et durant mon temps libre, je m'occupe de plusieurs autres projets. Je n'ai pas le choix, avait-elle ajouté.

— Pourquoi ?

— Pardon ?

— Je vous paye généreusement.

— Oui, je sais, mais il ne s'agit pas seulement d'argent. Ce projet sera achevé dans moins d'un an et je dois en avoir d'autres en vue. Je m'investis à deux cents pour cent quand je bosse pour vous et je…

— OK, épargnez-moi les détails. Vous ne passez pas un entretien d'embauche. De mon côté, j'ai beaucoup d'autres projets en cours, projets dont je devrais m'occuper à Londres, mais que je gère depuis cet hôtel parce que Izzy a filé à l'anglaise.

Il s'interrompit et la regarda. Le message était clair. Il avait *accepté* de ne pas courir après sa sœur et de lui laisser le temps d'y voir plus clair. Il avait *choisi* d'écouter Mia et renoncé à faire appel à un enquêteur privé. Et en échange…

— En quoi consistent ces autres jobs ?

— J'étudie plusieurs propositions… Je dois mettre des idées par écrit. J'ai deux rendez-vous prévus…

— Dans ce cas…

Il avait désigné la table, magnanime.

— … Asseyez-vous où vous voulez et concentrez-vous sur vos projets annexes. Cela me permettra de vous avoir sous la main en cas de besoin. Quant à vos rendez-vous… Je vous donne ma parole que vous serez libre à partir de 17 heures.

Inutile d'insister, avait compris Mia. Il ne céderait pas. Et, à son grand étonnement, elle avait découvert que travailler en étroite collaboration avec Max lui plaisait.

Assise à l'autre extrémité de la table, elle ne pouvait s'empêcher de l'observer à la dérobée et d'admirer son incroyable capacité de concentration. Lorsqu'il participait à une téléconférence, ou bien contemplait son écran d'ordinateur en fronçant les sourcils, faisait défiler des données et les annotait, lorsqu'il s'adressait à des P-DG en termes concis et brefs, Mia savait qu'elle n'existait plus pour lui.

Et dans ces moments-là elle ne se privait pas de le regarder. C'était plus fort qu'elle. Comme si elle voulait graver ces images dans sa mémoire pour toujours.

Aujourd'hui, ils devaient se retrouver sur le chantier à 16 heures, et Mia, qui avait tenu à passer chez elle pour prendre ses croquis, était partie en retard. Et comble de malchance, le soleil et le ciel bleu avaient soudain fait place à de gros nuages sombres et menaçants, puis la pluie s'était mise à tomber à verse.

Résultat : elle avait mis plus de trois quarts d'heure pour faire le trajet jusqu'au chantier, au lieu de vingt minutes.

Le site était magnifique, à proximité de la ville mais en bord de mer, sur fond d'arbres majestueux et de chutes d'eau pittoresques.

C'était l'endroit idéal pour une escapade en amoureux, un havre de luxe et de paix où se reposer en toute quiétude car l'hôtel serait réservé aux adultes.

L'emplacement, choisi avec soin, permettait de partir à la découverte de l'intérieur de l'île, d'accéder à la côte toute proche, et offrait la proximité d'une métropole bouillonnante de vie.

Arrivée enfin à destination, Mia descendit de bicyclette et s'essuya les yeux, puis évalua rapidement l'état actuel des travaux.

Max s'attendait à un stade plus avancé de l'ensemble. Elle l'avait deviné aux quelques réflexions faites après sa brève visite du chantier avec Nat. En vérité, elle comprenait sa déception. Les échéances avaient été repoussées plusieurs fois, d'abord parce que Izzy avait décidé de ne pas suivre les idées de son frère, ensuite parce que, ayant opté pour une voie différente, elle avait hésité au moment de prendre plusieurs décisions cruciales.

Des bâches protégeaient une partie des structures en cours de construction, pour le reste, les fondations avaient été posées et attendaient la phase deux. Depuis un moment, apparemment, à en juger par les mauvaises herbes qui poussaient entre les dalles de ciment.

Elle appuya sa bicyclette à une ébauche de mur et partit en courant vers la section de l'hôtel la plus avancée, les cuisines. La plus avancée, c'est-à-dire qu'il y avait des murs, un toit, un sol en béton et des cloisons avec ouvertures où s'inséreraient divers équipements.

Trempée jusqu'aux os, Mia s'arrêta en apercevant Max qui l'attendait dans la petite cantine improvisée des ouvriers. Elle vit une bouilloire, des tasses, une plaque chauffante et quelques chaises dépareillées. Il y avait par ailleurs un miniréfrigérateur et un ventilateur électrique.

— Vous êtes en retard.

Elle le foudroya du regard.

Ses longues jambes allongées devant lui et croisées aux chevilles, en jean bleu délavé, mocassins brun clair et T-shirt blanc, il semblait parfaitement à l'aise, comme d'habitude. Et il s'était préparé une tasse de café qu'il tenait nonchalamment, à moitié posée sur sa cuisse.

La chaise paraissait trop petite pour son corps athlétique…

— Merci de me le faire remarquer, riposta Mia.

Elle essora sa queue-de-cheval, avant de se rendre compte que Max lui tendait un mouchoir. Elle hésita un instant, puis le bon sens l'emporta sur son ego et elle prit le mouchoir d'un geste brusque.

Après s'être essuyé le visage, elle rendit le mouchoir à Max avec la même brusquerie. Il était affreusement tard, elle avait pédalé comme une folle pour arriver jusque-là et tout ce qu'il trouvait à lui dire, c'est *qu'elle était en retard* ?

— Je suis venue à vélo, dit-elle, les mâchoires crispées. Il faisait beau quand je suis partie mais, n'étant pas météorologue, je n'avais pas prévu cet orage et j'ai mis plus de temps que je ne le pensais pour arriver jusqu'ici.

Il se leva sans la quitter des yeux.

— Vous êtes trempée.

— Ah bon ? fit-elle d'un ton ironique.

— Vous auriez dû vous arrêter en route et m'appeler pour annuler le rendez-vous. Cela n'aurait pas été la fin du monde.

En effet. Mais Mia n'y avait même pas songé. Elle n'avait pensé qu'à une chose.

Elle avait hâte de retrouver Max.

Cette simple perspective l'excitait, lui faisant presque oublier tout le reste.

— Venez, enchaîna Max en lui prenant le coude. J'ai bien vu un torchon pas très propre quelque part, mais aucune serviette de toilette. Je vous raccompagne chez vous.

— Comment ça, vous me raccompagnez chez moi ? répéta-t-elle, interloquée.

— À quoi bon traîner ici ? Il est tard, il fait sombre, et mon chauffeur attend.

Sans lui laisser le temps de répondre, il l'entraîna hors de la cantine improvisée.

— Ma bicyclette…

— Elle vous attendra bien jusqu'à demain. Allez-y, courez !

Mia obéit. Elle était déjà trempée, de toute façon. Et gelée. Elle claquait des dents, et ses vêtements lui collaient à la peau.

Pressée de se retrouver au sec, elle fonça vers la voiture, glissa… et se retrouva les fesses dans la boue. Et, lorsqu'elle voulut se redresser, son pied céda sous elle en même temps qu'elle poussait un cri de douleur.

Un éclair zébra le ciel noir, suivi d'un coup de tonnerre assourdissant.

L'instant d'après, Max la soulevait dans ses bras et courait vers la Mercedes. Son chauffeur les attendait devant la portière ouverte avec un immense parapluie. En un clin d'œil, Mia et Max furent installés à bord du véhicule et la portière se referma sur eux.

— Votre pied, dit-il tandis que la voiture s'éloignait du chantier en direction de la ville. C'est très douloureux ?

— Ça va aller, murmura Mia.

— Jouer les martyres ne résoudra rien. Il faut vous conduire à l'hôpital ? Ne mentez pas, s'il vous plaît.

— Non, ce n'est pas la peine.

Doucement, elle posa la main sur sa cheville et grimaça de douleur.

— OK. Nous allons chez vous et j'y jette un coup d'œil, mais je vous préviens, si j'ai le moindre doute, j'appelle un médecin.

— Ne soyez pas ridicule !

— Je suis sérieux, Mia, rétorqua-t-il avec calme et fermeté. La situation est déjà assez compliquée, je n'ai vraiment pas besoin de me retrouver *en plus* accusé de négligence. Alors si j'estime qu'un médecin doit vous examiner, j'en ferai venir un, que cela vous plaise ou non !

— Quoi ? s'exclama Mia, abasourdie. Vous pensez que je pourrais porter plainte contre vous ? Parce que je suis bêtement tombée en courant sur un terrain glissant ?

— Non, je ne le pense pas, reconnut-il avec un haussement d'épaules. Mais mieux vaut être prudent.

— Je n'en reviens pas… Dans quel monde vivez-vous ?

— Que voulez-vous dire ?

— Eh bien, j'ai l'impression que pour vous, les femmes sont prêtes à toutes les turpitudes… ou bien elles ne répugnent pas à céder à un petit chantage, ou alors elles sont prêtes à vous poursuivre en justice pour une faute que vous n'avez pas commise ! En d'autres termes, vous avez une drôle d'opinion des femmes en général…

À sa grande satisfaction, Mia vit les hautes pommettes foncer sous le hâle. Les rôles étaient inversés, pour une fois ! C'était Max qui se retrouvait en mauvaise posture…

— Quand vous arrivez au sommet de l'échelle, finit-il

par répliquer d'un ton détaché, vous avez intérêt à laisser la confiance à ceux qui sont encore en bas.

Elle le dévisagea avec incrédulité.

— Vous ne faites confiance à personne ?

Après avoir vécu les affres d'un divorce, elle s'était isolée dans une tour d'ivoire, mais sans pour autant se méfier de tout le monde.

Elle avait confiance en sa famille, ses amis… Elle ne se tenait pas en permanence sur ses gardes, dans la crainte que le premier venu puisse cacher un couteau derrière son dos.

Un sentiment de compassion l'envahit. Max avait beau exercer un contrôle farouche sur les autres et sur lui-même, il n'avait pas atteint un tel degré de cynisme par hasard. C'étaient ses expériences passées qui l'avaient forgé ainsi.

— Je suis désolée pour vous, Max, dit-elle avec calme.

— Suis-je censé me sentir ému ou irrité ?

— Je m'attendais à vous irriter. Vous avez dit que je cherchais le conflit en permanence. Mais au fond, je ne suis pas différente de vous. Je suis franche, voilà tout. Vous devez vous sentir bien seul si vous n'avez confiance en personne. Vous êtes fabuleusement riche, mais à quoi bon si c'est pour rester dans votre tour d'ivoire ?

— Je m'en sors très bien.

Le sujet était clos, comprit Mia. Il n'avait l'air ni irrité ni furieux. Elle l'ennuyait, et il s'était fermé à elle, tout simplement. Et elle ne pouvait lui en vouloir, parce que sa vie privée ne regardait que lui. Max était son employeur, et son rôle à elle se limitait à coopérer avec lui, point final. Elle n'avait pas à porter de jugement sur les choix de vie de son boss. Son domaine était le paysagisme, pas la psychanalyse.

Les joues en feu, elle tourna la tête vers la vitre et réalisa avec soulagement qu'ils étaient presque arrivés chez elle. Subitement, elle se rendit compte qu'elle avait oublié l'inconfort dû à ses vêtements mouillés, et même sa cheville…

Le chauffeur descendait déjà de voiture et ouvrait le parapluie géant. Max sortit du véhicule avec la même rapidité, puis, sans même laisser à Mia le temps d'essayer de marcher, il la prit de nouveau dans ses bras et courut vers la porte.

Cela faisait deux fois, songea-t-elle, le cœur battant la chamade. Mais bon, il y avait plus romantique, comme circonstances…

— Mes clés sont dans la poche extérieure, murmura-t-elle en baissant les yeux sur le sac à dos qu'elle serrait contre sa poitrine.

Il les trouva facilement et ouvrit la porte.

— Je vous appellerai lorsque je serai prêt à partir, lança-t-il au chauffeur.

Max franchit le seuil et referma la porte derrière lui d'un coup de pied.

Décidément, rien ne se déroulait comme il l'avait prévu. Et il était bel et bien en passe de perdre le contrôle de sa libido.

Il lui suffisait de savoir Mia à proximité pour être incapable de se concentrer. Chaque fois qu'il la regardait et la voyait en train de travailler, la tête penchée, le menton appuyé dans la paume de sa main, ses cheveux bruns rejetés sur une épaule, il avait envie d'elle.

Or ce type d'égarement ne lui ressemblait pas du tout. Mais il avait beau le savoir et se le répéter, il n'y pouvait rien. Il lui aurait bien posé ses questions de loin, quitte à crier pour se faire entendre, mais elle avait dû venir s'asseoir à côté de lui pour examiner les données affichées sur son écran, et là, il avait cru devenir fou.

Il la désirait. Impossible de le nier. Mia lui était interdite, mais il la désirait, et plus il s'efforçait d'ignorer l'attirance qu'il éprouvait pour elle, plus elle l'attirait.

Ce jour-là, il l'avait autorisée à se rendre à un rendez-vous en début d'après-midi, non par bonté d'âme, mais pour s'accorder un peu de répit. Et il n'avait certes pas imaginé qu'un violent orage éclaterait alors qu'elle venait le rejoindre sur le chantier, l'obligeant à la raccompagner chez elle et à la porter dans ses bras.

Elle était si légère qu'il aurait pu la porter d'une seule main. Se rendait-elle compte que ses vêtements mouillés épousaient son corps comme une seconde peau ?

Max avait un mal fou à ne pas la dévorer des yeux. La chaleur de Mia irradiait à travers le tissu mouillé et se répandait en lui. Il était conscient d'avoir exagéré en disant qu'il appellerait un médecin pour se protéger d'une éventuelle plainte... Il aurait mieux fait de se taire, parce que sa remarque avait entraîné ces commentaires déplacés sur sa vie privée. Cela ne la concernait pas, mais peu importait, de toute façon. Il n'avait que faire de ses commentaires. Cependant, Mia avait touché un point sensible et il ne savait pas trop si sa propre réaction venait de son hypersensibilité à elle ou du fait qu'elle ait ignoré les signaux qui auraient alerté n'importe qui d'autre.

Mia Kaiwi détenait le pouvoir de l'atteindre, mentalement et physiquement. Et maintenant, il était là, chez elle.

Regardant autour de lui, il traversa le salon et s'avança vers la porte qui devait être celle de la chambre.

Jamais il n'avait vu un tel naturel chez une femme. Une telle absence d'artifice. Elle n'arborait aucun maquillage ; elle n'en avait pas besoin.

Quand avait-il ressenti une telle exaltation de tous les sens ? Un désir aussi puissant de serrer une femme contre lui, de la garder dans ses bras, de l'embrasser, la caresser…

— Vous devriez vous changer rapidement, dit-il d'un ton brusque.

Une atmosphère chaleureuse émanait de la maisonnette. Il y avait beaucoup de bois, de teintes chaudes. Max avait aperçu la cuisine en passant et entrevu des placards peints de couleurs vives et une vieille table en pin. Les meubles du salon formaient un heureux mélange de moderne et d'ancien, au-dessus duquel tournait paresseusement un ventilateur.

Dans la chambre, le grand lit était recouvert d'une couverture en patchwork style années 1970, une chaise de bistrot en bois peint, d'un beau vert tendre, se tenait devant un petit bureau ancien en merisier, et un rocking-chair était installé à côté de la fenêtre qui donnait sur des buissons et des fleurs multicolores, avec au loin le sable conduisant à l'océan.

Délicatement, il assit Mia sur le lit et tourna les yeux vers la fenêtre. La pluie continuait de battre les vitres. S'il n'avait pas plu à verse, on aurait pu entendre le roulis des vagues et voir les étoilcs s'allumer une à une dans le ciel.

N'ayant jamais prêté grande attention aux paysages qui l'entouraient, Max se demanda ce qui lui arrivait et se retourna, à l'instant où Mia essayait de se lever.

— Ne bougez pas, dit-il en l'arrêtant d'un geste. Guidez-moi et j'irai vous chercher les affaires dont vous avez besoin.

À en juger par son expression renfrognée, elle n'avait pas la moindre envie de le voir fouiller dans ses tiroirs, mais elle lui indiqua néanmoins où trouver ce qu'elle voulait.

— Je peux peut-être vous aider ? Vous allez avoir du mal à ôter ces vêtements mouillés.

— Je peux très bien me débrouiller toute seule.

— Entendu, mais si vous changez d'avis, je serai derrière la porte. Appelez-moi quand vous aurez terminé. Je vais examiner votre cheville… et ne tentez pas de marcher, d'accord ?

Elle marmonna quelque chose d'incompréhensible, l'air boudeur et hostile, puis répliqua en redressant le menton :

— Vous craignez que je tombe et porte plainte contre vous pour dommages corporels, c'est ça ?

Max soupira et se passa la main dans les cheveux.

— Je m'excuse pour ce que je vous ai dit tout à l'heure.

Leurs regards se croisèrent. Mia retint son souffle, le cœur battant la chamade. Se ressaisissant, elle hocha brièvement la tête tandis qu'une lueur indéchiffrable traversait les yeux bleus.

— J'ai appris à ne faire confiance qu'à moi-même, reprit-il d'une voix sombre. Je n'ai pas eu le choix.

Elle hocha de nouveau la tête, perplexe. Qu'avait-il voulu dire, exactement ?

Sans ajouter un mot, il sortit de la chambre, referma la porte derrière lui, et soudain, Mia se sentit si fatiguée qu'elle resta quelques instants assise sur le lit, l'esprit confus.

Se rappelant qu'il l'attendait derrière la porte, elle soupira et réussit tant bien que mal à se déshabiller, puis à enfiler des sous-vêtements propres, le pantalon en coton souple et le grand T-shirt que Max avait déposés à côté d'elle.

Dehors, la pluie tombait toujours, mais moins dru. Mia dut néanmoins crier pour se faire entendre.

Max ouvrit la porte, un verre d'eau dans une main et une plaquette d'antalgiques dans l'autre.

— Cela pourrait vous soulager un peu, dit-il en lui tendant le verre d'eau et en posant les comprimés à côté d'elle.

Mia prit le verre et tressaillit lorsque Max s'agenouilla devant elle.

— Je vais y aller doucement, ne craignez rien.

Son cœur battait si fort qu'elle entendit à peine ce qu'il disait. Les longs doigts lui effleurèrent la peau, délicatement, juste à l'endroit où la douleur pulsait. Mia eut l'impression que son cœur allait exploser. Elle avait la bouche sèche. Le vertige.

— Vous vous demandez sans doute comment je pourrais bien m'y connaître en matière de foulure et de luxation ?

Incapable de prononcer un mot, elle hocha la tête.

— Eh bien, croyez-le ou non, poursuivit-il. Mais à dix-huit ans, j'ai travaillé dans un hôpital, c'était un job d'été.

Tout en parlant, il avait commencé à manipuler son pied, lui faisant effectuer de minuscules rotations.

— Ah ? *Aïe*, ça fait *très* mal !

— Désolé. Mais je vais devoir continuer encore un peu. Essayez de ne pas y penser, dit-il en levant les yeux vers elle.

Mon Dieu, ce sourire en coin…

— Pensez plutôt à moi.

Penser à lui ? Elle ne faisait que cela…

— Je…

Mia imagina les grandes mains chaudes glissant sous le pantalon large et montant le long de son mollet, de sa cuisse…

Une chaleur infernale déferla en elle.

— Pensez à moi en train de travailler dans un hôpital. Je n'étais qu'un larbin, mais vous seriez surprise de savoir ce qu'un simple larbin peut apprendre. Et j'ai toujours été très doué pour assimiler toutes sortes de choses.

Il parlait d'une voix si douce, si apaisante que Mia sentait la douleur mais presque sans en être consciente. Max était incroyablement doux.

À vrai dire, elle ignorait s'il inventait cette histoire pour la distraire ou s'il avait réellement travaillé dans un hôpital pendant trois mois.

En tout cas, il savait ce qu'il faisait.

Lorsqu'il l'interrogea sur sa famille, elle soupira puis répondit à ses questions. À un moment donné, il se redressa et disparut quelques minutes, avant de revenir avec la trousse de secours qu'elle gardait dans la salle de bains.

En réalité, il se fichait bien de sa famille. Il cherchait à lui faire oublier la douleur, voilà tout. Il n'avait pas vraiment envie de l'entendre parler de ses sœurs, de ses nièces et neveux. Ni de ce jour où, alors qu'elle avait huit ans et qu'ils étaient partis pique-niquer en famille au bord de la mer, elle s'était éloignée et perdue, et avait passé la nuit dans la forêt parce que en dépit de leurs recherches acharnées ils n'avaient pas réussi à la retrouver.

Il faisait semblant de l'écouter. Il continuait de lui poser des questions pour la forme, tout en bandant délicatement sa cheville maintenant enflée.

Les comprimés commençant à faire effet, la douleur lancinante avait diminué en intensité. D'autre part, sa nervosité s'était dissipée. Mia ne s'était jamais sentie aussi détendue.

Si détendue qu'elle soupira en repensant à sa course à bicyclette sous l'orage et que, quand Max eut terminé de lui bander la cheville, elle soupira de nouveau et dit d'un ton détaché :

— Je suppose que c'est parce que je viens d'une famille unie que je me suis mariée aussi jeune…

5.

Mariée ?

Il en fallait beaucoup pour surprendre Max, mais il venait de recevoir un sacré choc.

Dire qu'il s'était imaginé… Il faillit éclater de rire en se remémorant tous les fantasmes qui lui avaient traversé l'esprit ces derniers jours. Et puis, se faisait-il vraiment une image des femmes divorcées aussi caricaturale ? Les voyait-il toutes comme des créatures endurcies et amères ?

Non. Mais sa réaction était révélatrice et il se sentit un peu déstabilisé en réalisant combien son cynisme avait grandi au fil des années et influé sur sa façon de penser, voire sur tous les aspects de sa vie.

Mia lui avait dit qu'elle était désolée pour lui. Sa remarque ne l'avait bien sûr pas affecté. Tout individu un tant soit peu intelligent mettait en place des mécanismes destinés à faire dévier les flèches et repousser les coups du sort, sans mériter pour autant la pitié d'autrui. C'était ridicule, comme idée.

Et pourtant, à bien y penser, tout, dans sa vie, était sujet à un contrôle si drastique…

Il avait l'habitude d'être obéi dans sa vie professionnelle. Lorsqu'il s'était vu propulsé à un poste à hautes responsabilités à vingt-deux ans, il avait tâtonné un peu, au début. Il s'était retrouvé au milieu d'hommes et de femmes ayant le double de son âge. Il avait dû se séparer d'un bon nombre d'entre eux et en délocaliser davantage encore. Il avait serré les dents et fait ce qu'il devait faire. Ses années de pensionnat l'avaient endurci. Être contraint de licencier une partie du personnel avait achevé de l'aguerrir.

Par la suite, au fur et à mesure que l'entreprise familiale se transformait en un véritable empire, Max avait appris à maîtriser le contrôle sous toutes ses formes.

Laisser les commandes à Izzy avait été une première pour lui. Et manifestement il aurait mieux fait de s'en abstenir.

Son contrôle ne se limitait pas à la sphère professionnelle. Dans ses relations avec les femmes, il lâchait prise mais sans jamais les laisser dépasser certaines limites. Il avait vu les conséquences des coups de tête. Ses parents étaient des spécialistes en la matière. Leur mode de vie insouciant lui avait montré les effets destructeurs du prétendu pouvoir de l'amour. La passion réciproque de son père et de sa mère les avait absorbés tout entiers, au détriment de tout le reste et de tout le monde, y compris leurs enfants. Surtout *lui*. L'aîné.

Tenir le monde à distance avait toujours été une force pour Max. Mais il se demandait maintenant si l'univers qu'il s'était construit n'équivalait pas à une forteresse solidement gardée.

Il ne laissait jamais personne l'approcher.

En venant à Oahu, il avait fait un pas hors de sa zone sécurisée. Dans d'autres circonstances, il aurait envoyé un délégué. Mais, déterminé à retrouver sa sœur, il avait décidé de faire le déplacement lui-même.

Et, depuis son arrivée, où était passé le contrôle auquel il tenait tant ?

Non seulement il avait découvert qu'aucune de ses idées n'avait été suivie, mais, venu dans le but de retrouver sa sœur et de repartir aussitôt après, il ne savait même pas quand il pourrait regagner Londres. Et il était perpétuellement défié par une femme dont la simple proximité le mettait au supplice.

Max avait connu *beaucoup* de femmes follement attirantes. Alors qu'avait celle-ci de particulier pour qu'il perde la tête rien qu'à la regarder ?

Pourquoi Mia lui plaisait-elle autant alors qu'elle persistait à contester la moindre de ses paroles ?

En vérité, il commençait à se dire que plus elle mettait sa patience à l'épreuve, plus il était attiré par elle – et plus il perdait le contrôle de lui-même. Notamment de sa libido.

Il était son employeur, bon sang ! Elle travaillait pour lui ! Or il avait toujours mis un point d'honneur à séparer travail et plaisir.

Mais il avait beau se le répéter, cela ne diminuait en rien la force qui le poussait vers elle.

Et maintenant il apprenait qu'elle avait été mariée…

Qu'elle *l'avait été*, ou l'était encore ?

— Où est-il en ce moment ? demanda-t-il d'un ton brutal.

Se redressant, il baissa les yeux sur la cheville bandée et fut satisfait de son travail.

— Et ne vous avisez pas de vous mettre debout. Vous avez une belle entorse. La cheville a enflé mais, en prenant des antalgiques un jour ou deux et sans vous appuyer sur votre pied, tout devrait rentrer dans l'ordre.

Il la regarda. Même avec ses cheveux mouillés et en désordre, elle demeurait follement sexy.

— Alors ?

Lui qui se donnait pour règle de ne jamais se mêler de la vie personnelle de quiconque – encore moins de celle d'une femme qui lui plaisait –, il brûlait de curiosité et était impatient de poursuivre la conversation restée en suspens.

— Alors quoi ? J'ai entendu ce que vous avez dit et je ne bougerai pas. Pas tout de suite, du moins. Et merci de… de vous être occupé de ma cheville. C'est très…

— Le type que vous avez épousé, où est-il ?

— Oh ! Kai…

Max se concentra sur le pied bandé maintenant posé sur le tabouret qu'il avait apporté à cet effet, pour ne pas penser que la femme aux yeux noisette et à la peau satinée avait été mariée… Et l'était même peut-être encore…

— Il vit à Honolulu avec sa nouvelle épouse.

— On dirait que cela vous réjouit.

— Je devrais être amère et rongée par la jalousie ?

— Ce serait compréhensible.

Il tira la chaise et s'assit dessus, à côté du tabouret. À quoi ressemblait ce Kai ? Ou, plus exactement, qu'est-ce qui n'avait pas marché entre eux ?

— J'étais très jeune. Lui aussi. Nous nous connaissions depuis l'enfance. Nous évoluions dans les mêmes milieux et, à un moment donné, nous nous sommes mis en couple. Nous venions tous les deux de grandes familles, et après le lycée cela nous a paru tout naturel de… de vivre ensemble.

— Et vous vous êtes retrouvés mariés.

— Dit comme ça, cela paraît horrible, mais nous y croyions vraiment, nous faisions toutes sortes de projets. En fait…

Elle s'interrompit et détourna les yeux.

— Nous n'aurions jamais imaginé que tout allait s'effondrer comme un château de cartes. C'est dire si nous étions présomptueux et naïfs ! Mais au bout du compte, nous étions beaucoup trop jeunes et, même si nous nous entendions bien, nous n'avions jamais vécu ensemble. Avant, nous faisions toujours partie d'un groupe. Nous adorions le surf et passions beaucoup de temps sur la plage, nous allions à des fêtes, traînions en ville. Nous éprouvions de l'affection l'un pour l'autre, mais c'est tout.

— Et ensuite ?

— Ce n'est pas la peine de faire semblant de vous intéresser à ma vie, Max, dit-elle gentiment. Ni de vous sentir obligé de rester parce que vous avez bien voulu vous donner la peine de vous occuper de mon pied.

— Je fais rarement quoi que ce soit par obligation, répliqua-t-il, pince-sans-rire. Racontez-moi ce qui s'est passé entre vous et Kai. Cela m'intéresse.

— Les choses ont mal tourné.

Elle haussa les épaules.

— Nous avons commencé à nous disputer. Kai n'était pas fait pour rester enfermé. Il avait toujours envie de sortir, d'aller à des fêtes. Nous avons fini par admettre que notre mariage était un échec et nous sommes résignés à nous séparer.

— Mais vous semblez vous en être remise sans difficulté.

— Cette année de vie commune m'a beaucoup appris, dit-elle en redressant le menton. Après cela, j'ai décidé que je ne m'investirais plus jamais dans une relation sans l'avoir testée auparavant. Que lorsque je sortirais avec un homme, ce serait le bon.

Le *bon* ? Cela existait-il ? Max en doutait. Il y avait les couples concentrés sur leur passion et oublieux de tout le reste, comme ses parents. Mais ce genre d'union durait rarement. La magie s'estompait petit à petit jusqu'à ce qu'un beau jour la réalité reprenne brutalement ses droits.

Dans le cas de ses parents, l'amour absolu avait résisté au temps, certes, mais au détriment de la famille elle-même.

Remettre sa vie entre les mains d'un ou d'une partenaire et lui demander la réciproque n'était jamais une bonne idée.

La « bonne personne », l'âme sœur, n'existait pas.

Vivre bien, c'était vivre sa vie conformément aux règles de la logique, songea Max. Et s'il décidait un jour de se marier, eh bien, la logique prévaudrait dans son choix d'une épouse. Il gérerait la chose comme une transaction d'affaires, en quelque sorte.

Ses yeux croisèrent ceux de Mia. Il soutint son regard jusqu'à ce qu'elle commence à rougir et tourne la tête vers la fenêtre.

Chaque fois qu'il la regardait trop longtemps, elle rougissait et finissait par détourner les yeux. En revanche, lorsqu'elle le croyait absorbé par son travail, elle l'observait durant de longues minutes.

Des images torrides fusant dans son esprit, Max serra les mâchoires pour les refouler coûte que coûte.

— Vous devez avoir faim, dit-il d'une voix rauque. Je vais demander à mon chauffeur d'aller nous chercher de quoi dîner.

Il se leva et se dirigea vers la fenêtre. La nuit était tombée et il pleuvait toujours.

— Je… Ne vous croyez pas obli…

— Taisez-vous, la coupa-t-il en se retournant vers elle. Je vous répète que je ne me sens jamais obligé de faire quoi que ce soit, d'accord ? Alors, que préférez-vous : italien ? français ? chinois ?

— Je pourrais préparer quelque chose…

— D'accord, l'interrompit-il de nouveau en sortant son smartphone de sa poche. Vous n'avez pas de préférence. Chinois.

En moins de cinq minutes, il avait donné ses instructions au chauffeur, lui avait indiqué l'adresse du meilleur restaurant chinois de la ville et demandé de faire au plus vite.

Le pouvoir de l'argent, tout de même… Mia connaissait

le restaurant en question et savait qu'ils ne faisaient pas de plats à emporter. Mais le chauffeur n'aurait aucun problème parce qu'il venait de la part de Max et que celui-ci était milliardaire. S'il l'avait voulu, il aurait pu acheter le restaurant.

Il vivait dans un univers diamétralement opposé au sien. Et pourtant il était là, chez elle. Il lui avait bandé la cheville. En réalité, il fulminait peut-être parce qu'elle lui faisait perdre quelques heures de son temps si précieux.

— Je suis désolée…

De nouveau assis sur la chaise qu'il avait rapprochée du tabouret, Max la regarda en inclinant la tête.

— Allez-vous vous excuser de m'obliger à rester dîner avec vous ici, cette fois ? demanda-t-il, franchement moqueur. Cela devient un peu lassant, vous ne trouvez pas ?

— Je… Vous… Vous auriez pu avoir quelque chose de prévu pour la soirée, bredouilla Mia.

— J'avais prévu de travailler.

— Vous préféreriez… être à Londres, je suppose.

Il savait des tas de choses sur elle, maintenant, et Mia aurait bien aimé apprendre quelque chose sur lui. C'était normal, après tout. Des circonstances exceptionnelles les avaient rapprochés, faisant tomber temporairement les barrières entre employeur et employée.

D'autre part, il fallait bien un sujet de conversation. S'ils restaient simplement assis là à se dévisager en silence, ce serait la catastrophe, parce que son imagination carburait à cent à l'heure et prenait des chemins de plus en plus scabreux.

Face à Max, elle ressentait toujours un profond trouble, mais là, seule avec lui dans sa chambre…

— Pourquoi pourrais-je préférer être à Londres, d'après vous ?

— Vous devez avoir une vie sociale très riche, répondit-elle d'un air évasif. Je veux dire que…

Mia haussa les épaules et lui sourit d'un air poli et faussement détaché. Comme si la vie de Max ne l'intéressait pas le moins du monde alors qu'elle brûlait d'en savoir davantage sur lui.

— Vous m'avez interrogée en détail sur mon histoire avec Kai, mais moi, je ne sais même pas si quelqu'un vous attend en Angleterre !

Consciente de friser l'indiscrétion, Mia secoua la tête en riant.

— Je ne vous vois pas vivant seul, alors je suis désolée que vous vous retrouviez contraint de rester à Hawaï plus longtemps que vous ne l'aviez envisagé au départ.

Dehors, le battement régulier de la pluie formait une sorte de fond sonore, un écran les protégeant du monde extérieur.

— Pourquoi croyez-vous que quelqu'un pourrait attendre mon retour ? finit par répliquer Max.

— Parce que… vous… êtes le genre d'homme qui doit attirer un certain type de femme…

— Un *certain type de femme* ? répéta-t-il en haussant les sourcils.

— Excusez-moi, marmonna Mia, écarlate. Je ne voulais pas vous offenser.

En réalité, elle avait voulu lui faire comprendre qu'elle ne s'imaginait pas du tout faire partie des femmes susceptibles de lui plaire.

— Premièrement, il va falloir que vous cessiez de vous excuser. Deuxièmement, je ne me sens pas offensé le moins du monde. Mais je suis tout de même curieux de savoir à quoi pourrait ressembler ce type de femme.

Il se moquait d'elle. Cependant, c'était elle qui avait

entamé cette conversation et maintenant elle ne voyait plus comment s'en sortir. Mais pourquoi ne pas être franche ? Tous les hommes avaient un type de femme.

— Sophistiquées. Jusqu'au bout des ongles.

Une seule lampe éclairait la pièce, et sa lumière douce faisait ressortir la beauté virile de ses traits. Max était… sublime, depuis le pli de la bouche sensuelle jusqu'à l'intensité des yeux bleu saphir, presque outremer dans la semi-pénombre. Une main posée sur la cuisse, les jambes écartées, il la contemplait tranquillement, sûr de son charme.

— Sophistiquées et glamour, ajouta Mia dans un souffle.

— Sophistiquées…, chuchota-t-il. Glamour… Oui, je suppose qu'elles correspondent à ce profil.

Bien sûr, songea Mia avec un pincement au cœur, mais sans cesser de sourire. Un homme sophistiqué et glamour ne pouvait s'intéresser qu'à des femmes sophistiquées et glamour. C'était logique !

— Toutefois, reprit-il, aucune ne se languit en attendant mon retour. Cela fait plusieurs semaines que je mène une vie de moine.

— Je suis étonnée que vous ne soyez pas marié.

Elle regretta aussitôt ses paroles. Mais Max l'intriguait de plus en plus, elle n'y pouvait rien. Il était si différent d'Izzy, et dans son allure et dans sa façon d'agir. Mia commençait néanmoins à se faire une idée plus précise de leur mode de fonctionnement familial.

En tant qu'aîné, il avait pris les rênes de la famille après la mort de leurs parents. Elle ignorait tout de James, le frère qu'Izzy adorait. En revanche, Mia savait que Max avait orienté les choix de sa sœur et l'avait surveillée de loin, mais avec une vigilance extrême. Il lui avait offert une opportunité en or, à condition qu'elle se conforme à *sa* vision du projet.

C'était un véritable bourreau de travail, mais même les hommes comme lui se mariaient, avaient des enfants et assumaient, ne serait-ce que pour la forme, leur rôle d'époux et de chef de famille. Avec du personnel à leur disposition, bien sûr…

Les hommes comme Max Stowe se mariaient forcément un jour parce que c'était indispensable à leur statut.

— Je ne vous paye pas pour vous entendre exprimer votre opinion concernant un quelconque aspect de ma vie privée, murmura-t-il.

Mia tressaillit. Il la remettait à sa place et elle l'avait bien cherché. En même temps, la lueur couvant au fond des yeux sombres faisait naître en elle un frisson d'une tout autre nature. Max dégageait une aura de décontraction, de calme… tout en irradiant une énergie prête à se déployer. Comme un félin surveillant sa proie avant de fondre sur elle et de la dévorer.

Un courant brûlant passa entre eux, sans que Mia ne sache si elle l'imaginait ou s'il était réel.

Idiote ! Elle rêvait, bien sûr. Max venait de dire qu'il aimait les femmes *sophistiquées*…

— Non, c'est vrai, acquiesça-t-elle d'une voix mal assurée.

— Cependant, dit-il avec un lent sourire, tout le monde sait que les relations à long terme ne m'intéressent pas. Le mariage encore moins.

— Pourquoi ?

— La vie est trop courte pour perdre son temps à gérer les complications que ce type de relation provoque inévitablement, répondit-il avec le plus grand sérieux. J'aime m'amuser. Mais dès que l'on se met à me parler de durée, je commence à m'ennuyer.

Au moment où Mia allait répliquer, la sonnette de

l'entrée tintinnabula, dissipant d'un coup la bulle qui les entourait. Max bondit de sa chaise et lui intima d'un geste de ne pas bouger, puis alla ouvrir la porte.

Il ne faisait pas dans la durée. Les relations à long terme ne l'intéressaient pas. Pas étonnant qu'il n'éprouve aucune compassion pour sa sœur qui avait besoin de prendre du recul après avoir vécu une rupture amoureuse. Il avait toutefois consenti à ne pas partir à sa recherche, ce qui montrait qu'il pouvait faire preuve de tolérance, même s'il ne comprenait pas le comportement d'Izzy.

Un sourire aux lèvres, il réapparut avec la table en bois patiné du salon où étaient posées deux grandes assiettes recouvertes de film transparent.

— Je sais où est la cuisine, dit-il en installant la table de manière à ce qu'elle soit à la portée de Mia. Je vais rapporter tout ce dont nous avons besoin, alors restez où vous êtes. Moins vous vous appuierez sur votre pied, plus vite votre cheville sera guérie.

Tout en regardant Mia manier ses baguettes avec dextérité et manger avec appétit, Max se réjouit qu'après avoir dévié dangereusement vers des sujets bien trop personnels à son goût, la conversation soit revenue sur un terrain plus concret et plus sûr.

Ainsi installé avec elle dans sa chambre, la pluie continuant de tomber inlassablement dans la nuit, il avait le sentiment d'être enveloppé dans un cocon. Le simple fait de se trouver sur cette île équivalait à être protégé du monde extérieur !

La vraie vie, avec ses limites et ses contraintes, était temporairement mise en suspens.

Il baissa les yeux sur son assiette, mais tout son corps resta connecté à celui de Mia qui savourait son poulet impérial – en émettant des petits soupirs de plaisir qui le mettaient au supplice.

À présent, elle paraissait tout à fait détendue, son pied bandé reposant sur le coussin qu'il avait posé sur le tabouret, son autre jambe repliée sous elle. Cette femme était d'une souplesse stupéfiante…

Forcément, elle pratiquait le surf !

Celles qu'il fréquentait d'habitude – ces créatures sophistiquées qu'elle méprisait sans doute secrètement – détestaient toute forme d'exercice en plein air, et nager aurait représenté pour elles un défi impossible. Elles préféraient les activités physiques praticables en tenue de créateur, et dans un gymnase où l'on pouvait admirer son reflet dans d'immenses miroirs. Jamais elles ne s'aventureraient en pleine mer, ni ne prendraient le risque d'être décoiffées par le vent ou la pluie.

Tout à coup, ces femmes lui parurent appartenir à une espèce vivant sur une autre planète. Max se sentit totalement déconnecté de la vie qui se déroulait de l'autre côté de l'océan, à des milliers de kilomètres.

Il n'avait jamais baissé la garde, ne s'était jamais accordé la moindre pause, se consacrant exclusivement à ses fonctions de P-DG d'un vaste empire. Il se savait craint et respecté. Dès l'âge de vingt-deux ans, il s'était retranché dans une forteresse imprenable. Pour réussir dans le milieu impitoyable des affaires, il fallait se montrer implacable, et cela ne lui avait pas posé de problème parce qu'il avait déjà une longueur d'avance.

Sur le plan émotionnel, Max s'était blindé dès ses dix ans et avait vite appris à transformer cela en atout.

Une décennie plus tard, il était endurci jusqu'à la moelle.

Mais, depuis son arrivée à Hawaï, Mia le surprenait et le déstabilisait. Elle n'avait pas peur de dire ce qu'elle pensait. Son argent ne l'impressionnait pas. Elle ignorait les limites qu'il s'évertuait à dresser entre elle et lui, et, au lieu de renforcer le barrage, il la laissait faire. Parce que l'obstination manifeste de Mia à ébranler les défenses dont il s'entourait en permanence, son naturel et sa franchise, tout cela le revigorait. L'attirance qu'il éprouvait pour elle ajoutait du piment à la chose.

À Londres, Max vivait à deux cents à l'heure. Il remarquait à peine le luxe de sa maison de Holland Park, la profusion de marbre, de verre, le moelleux des tapis de soie, les toiles de David Hockney et de Roy Lichtenstein côtoyant celles d'artistes inconnus. Il séjournait rarement dans ses propriétés de la Barbade et des Cotswolds, mais fréquentait son loft new-yorkais lorsqu'il se rendait aux USA pour ses affaires.

Dans moins de quinze jours, il aurait regagné sa zone de confort mais, pour la première fois de sa vie, il se demanda si ce voyage à Hawaï ne lui offrait pas une chance de sortir de ses schémas tout tracés.

Il regarda autour de lui. Quand s'était-il aventuré dans ce genre d'endroit ? Jamais. Non seulement il ne mettait jamais les pieds chez ses maîtresses, mais de toute façon aucun de leurs intérieurs n'aurait ressemblé à celui-ci. La maison de Mia reflétait sa personnalité, de la cuisine aux couleurs éclatantes au mobilier ancien, charmant et cosy. Aucune touche de blanc ou de marbre, ni de chrome ou de verre chez elle. Ici, chacun des livres alignés sur les étagères racontait une histoire. Il avait aperçu un gros volume sur les forêts vierges de Bornéo et un autre intitulé *Les jardins qui ont changé le monde*.

Ce décor était aussi rafraîchissant que Mia elle-même.

Sa résolution de ne jamais mélanger les affaires et le plaisir commençait sérieusement à s'effilocher…

— Molokai.

Absorbé dans ses divagations mentales, Max s'efforça de se concentrer sur ce qu'elle venait de dire.

— Pardon ?

— Vous n'avez pas écouté un seul mot de ce que j'ai dit…

Il marmonna quelques paroles incompréhensibles. Il l'avait écoutée, mais il était plus attentif aux mouvements de ses lèvres qu'à ses paroles. Et se demandait quel goût aurait cette belle bouche s'il venait à y goûter.

Que ressentirait-il s'il se rebellait contre les contraintes draconiennes qu'il s'imposait ? S'il s'autorisait un petit pas de côté pendant une semaine… Dix jours au maximum…

— Vous m'expliquiez pourquoi Izzy avait jeté mes idées aux oubliettes…

— Je vous disais qu'elle s'était donné beaucoup de mal pour trouver ce qui, à son avis, plairait vraiment aux touristes désireux de s'immerger dans la vraie atmosphère d'Hawaï.

— Continuez, je suis tout ouïe. Comment va votre pied ?

— Beaucoup mieux.

Elle s'interrompit un instant.

— Vous pouvez vous en aller, à présent. Je peux très bien me débrouiller toute seule et je serai complètement remise demain matin.

— Pas suffisamment pour aller sur le chantier.

— Peut-être pas, non.

— Alors continuez. Expliquez-moi ce qu'Izzy avait en tête et pourquoi ma vision des choses a été carrément abandonnée…

— Eh bien, elle s'est rendue sur les autres îles de l'archipel… Chaque île a son identité, vous savez ? Tout ce que vous avez vu d'Oahu, et vous n'en avez vu qu'une toute petite partie, c'est ce que voient les touristes. La plage et les surfeurs, les restaurants, les camions buvettes, mais Hawaï, c'est bien plus que cela ! Et c'est *ça* que votre sœur tenait tant à cerner.

— Au détriment de mes…

— Je sais ce que vous pensez, l'interrompit-elle avec élan. Qu'en matière d'hôtellerie haut de gamme, seul du luxe froid, sans âme, peut intéresser la clientèle fortunée qui…

Max éclata de rire.

— On ne vous a jamais dit que vous aviez un peu trop tendance à caricaturer les choses ?

Elle baissa les yeux, l'air penaud.

— Nous y avons travaillé ensemble, en fait. Je pense qu'Izzy était impressionnée par mon idée de créer des espaces respectueux de l'environnement, des sites naturels au milieu des arbres, des zones ombragées dédiées à la culture de légumes et plantes aromatiques, directement utilisables en cuisine.

— Et vous avez décidé de partir à l'aventure… A-t-elle choisi de rester sur l'une des îles dans l'espoir d'y trouver la paix intérieure qu'elle cherchait après l'échec de sa relation ?

Il ne s'attendait pas à ce que Mia lui réponde. Elle s'en tenait à sa loyauté, et il l'admirait pour cela.

— Ce n'est pas la peine de vous retrancher dans l'ironie, dit-elle, assez sèchement.

— En effet. Continuez, s'il vous plaît. Je vous écoute.

Quand il la contempla sans plus sourire, elle soutint son regard et plissa les yeux. Elle ne le croyait qu'à moitié.

— Elle a tiré son inspiration de chacune des îles. Molokai, Kauai…

— Elle ne m'en a jamais parlé. Et je n'aurais jamais pu soupçonner ce genre de chose, répliqua lentement Max. C'est très intéressant, et inspiré, le terme est juste. Je regrette qu'elle n'ait pas pensé qu'elle pouvait en discuter avec moi. Mais peu importe.

Il se leva, commença à rassembler assiettes et baguettes.

— Restez assise. Je m'occupe de tout et ensuite je m'assurerai que vous avez vos antalgiques à portée de la main avant de partir. Et demain…

Il s'interrompit, leurs regards se croisèrent.

— Eh bien, le moment est venu d'aller vérifier vos dires. C'est à moi de donner le feu vert pour la poursuite de travaux que je finance, mais il ne sera pas dit que je ne suis pas disposé à voir le projet sous un angle différent.

— Vous parlez sérieusement ?

— À en juger par le ton de votre voix, vous doutez de ma sincérité…

— Je…

— Oublions cela, parce que si vous voulez que je laisse une chance à votre projet, vous allez devoir me persuader de la pertinence de vos choix.

— C'est ce que je tentais de faire !

— Il me faut davantage que des mots, Mia. Vous me parlez de toutes ces îles inspirantes… Eh bien nous allons les explorer ensemble et vous pourrez m'exposer à loisir la vision d'Izzy. Et qui sait ? Je pourrais y adhérer…

Elle le dévisagea en silence, tandis que Max se demandait de nouveau ce qu'il éprouverait si, rien qu'une fois, il lâchait prise.

Complètement.

6.

Mia soupira. Impossible de faire les cent pas pour se calmer – la douleur aiguë de la veille avait diminué, mais pas disparu.

Comment avait-elle bien pu accepter de passer quatre jours avec Max à visiter les îles ? s'interrogea-t-elle pour la énième fois.

Après s'être résolue à se limiter à des rapports strictement professionnels avec lui, elle était allée jusqu'à lui confier des détails personnels sur sa vie privée, sur son mariage raté avec Kai, alors qu'elle ne se livrait jamais à ce genre de confidences avec personne. Avait-elle perdu la tête ?

Sans lui demander son avis, il l'avait de nouveau soulevée dans ses bras et était entré chez elle, l'avait emmenée dans sa chambre, puis s'était occupé de sa cheville, tout en lui soutirant des détails intimes sur son passé qu'elle aurait mieux fait de garder pour elle.

Lorsqu'elle avait fermé les yeux la veille au soir, Mia l'avait revu agenouillé devant elle et avait été submergée par le même désir de glisser les doigts dans les épais cheveux noirs.

Maintenant assise sur le sofa à attendre son arrivée, le cœur battant à un rythme précipité, elle renonça à essayer d'imaginer à quoi ressemblerait cette virée touristique de quatre jours avec Max.

Parce que dès qu'elle commençait à y songer, elle sentait la panique la gagner. Au fond, elle aurait aimé lui en vouloir, mais elle n'éprouvait que de l'excitation à la pensée de le revoir.

À 14 heures pile, Mia entendit la voiture se garer devant la maison.

La pluie torrentielle de la veille avait disparu, remplacée par l'habituel ciel bleu et le soleil éclatant.

Clopin-clopant, elle alla ouvrir la porte et, tout en s'étant préparée à le voir devant elle, son cœur s'emballa comme à chaque fois qu'il apparaissait. Elle avait beau se faire la leçon, se répéter qu'elle devait absolument contrôler ses réactions, le même processus se reproduisait.

— Comment va votre pied ?

Mia baissa les yeux sur sa cheville bandée.

— De mieux en mieux.

— Je vous ai apporté un petit accessoire, dit-il en lui tendant une béquille flambant neuve. Considérez cela comme un cadeau. Je veillerai à ce que vous vous appuyiez le moins possible sur votre pied, naturellement, mais ce ne sera pas toujours facile.

Il lui prit son sac à dos de la main et la regarda placer la béquille sous son aisselle.

— À moins, reprit-il d'une voix sensuelle, que vous ne préfériez que je vous porte ?

— Je me débrouillerai très bien avec cette béquille, repartit Mia à la hâte.

En jean bleu délavé, chaussé comme d'habitude de mocassins et le torse moulé dans un T-shirt décolleté en V gris clair, il était plus sexy que jamais.

Elle détourna les yeux et s'installa à l'arrière du véhicule.

— Je ne sais même pas où nous allons…, dit-elle dès qu'il fut assis lui aussi sur la banquette en cuir.

S'adossant à la portière de manière à lui faire face, il la dévisagea un instant en silence.

— Nous allons explorer ces îles de plus près, murmura-t-il. N'est-ce pas ce que vous m'avez conseillé, pour m'aider à comprendre pourquoi mes idées ont été abandonnées ? Vous m'avez dit que je devais voir le vrai Hawaï, non ? Eh bien, j'obéis aux ordres.

— J'ai vraiment du mal à vous imaginer obéissant à un ordre quelconque ! répliqua Mia dans un souffle.

Quand il souriait ainsi, il était encore plus... fascinant. Elle sentit ses défenses chanceler. Quatre jours ! Et elle ne savait même pas ce que Max avait prévu exactement...

Il s'agissait d'un voyage de travail et non d'agrément, toutefois. Max n'en prenait sans doute jamais, d'ailleurs. Mais que se passerait-il *après* le travail ? Mia tenait à ses horaires et lui rappellerait le cas échéant qu'elle s'arrêtait à 17 heures et qu'ensuite son temps lui appartenait.

— Vous avez prévu un itinéraire ?

La brusquerie de son ton eut pour seul effet de le faire sourire de plus belle.

— Plus ou moins.

— Qu'est-ce que cela veut dire, au juste ?

— Que j'ai demandé à quelqu'un de répertorier ce que je devrais voir sur les différentes îles et que j'ai fait en sorte que notre voyage soit planifié en conséquence.

— Vous avez demandé à quelqu'un...

— Nat m'a été très utile, et ses propositions ont été étayées par le guide touristique de l'hôtel. Ne connaissant pas les lieux moi-même, j'ai suivi le courant et réservé différents établissements en fonction de leurs indications.

— Vous auriez dû vous adresser à moi, dit Mia d'un ton de reproche.

— Oh ! je l'aurais fait, bien sûr. Mais j'ai pensé qu'il

valait mieux vous laisser tranquille après ce qui vous était arrivé. Nous parlerons de l'itinéraire dans l'avion. Nous commençons par Maui.

— Maui ? Vous savez qu'on l'appelle « Beverley Island » ? Ce n'était pas vraiment à cette île que je pensais lorsque je vous proposais de vous montrer les lieux dont Izzy s'était inspirée.

— Il faut bien commencer quelque part, murmura Max.

Il tourna les yeux vers la vitre.

— Ah, nous sommes arrivés.

N'ayant pas prêté attention au trajet, Mia se rendit compte qu'ils étaient en effet arrivés à l'aéroport. Mais pas dans la partie qu'elle connaissait.

Le chauffeur se dirigea vers un superbe jet d'un noir étincelant et s'arrêta à une dizaine de mètres de l'appareil. Max descendit aussitôt de voiture tandis que le chauffeur ouvrait la portière de Mia.

La main appuyée sur le capot, Max se pencha et plongea son regard dans le sien.

— Moins stressant que de se faufiler parmi la foule qui se bouscule au terminal principal, non ?

Terriblement impressionnée par le luxueux jet qui les attendait sur la piste, Mia sortit à son tour du véhicule et s'avança en boitillant à ses côtés.

L'intérieur de l'appareil était d'un raffinement inouï : fauteuils en cuir couleur ivoire, tables en acajou satiné, épaisse moquette grège… Il y avait de la place pour une douzaine de passagers, mais apparemment ils seraient seuls à bord.

Dès qu'ils furent installés face à face, une hôtesse souriante vint leur proposer du champagne. Mia refusa poliment, tandis que Max prenait une flûte sur le plateau, avant de répondre à un appel téléphonique, indifférent à son environnement. Il aurait pu aussi bien se trouver dans un bus…

Le fossé qui les séparait se transforma en gouffre. Mais ce qui sidérait le plus Mia, c'étaient les différences entre lui et sa sœur, alors qu'ils venaient du même milieu.

Écoutant à moitié ce que Max disait, elle se rendit compte qu'il parlait avec son frère à propos d'un yacht qu'ils venaient manifestement d'acheter.

— C'est tellement étrange, dit-elle quand il eut remis son smartphone dans sa poche. Tout ceci…

Mia embrassa d'un geste l'intérieur du jet, la flûte de champagne, le cuir couleur ivoire, la table en acajou…

— Cela ne vous impressionne pas le moins du monde, n'est-ce pas ? reprit-elle.

— Il y a longtemps que le luxe a cessé de m'impressionner. J'ajouterai qu'en matière de jets privés, ceux dans lesquels je voyage habituellement sont en général plus grands, plus rapides et plus somptueux que celui-ci.

— Vous êtes si différent d'Izzy.

— Je commence à m'en rendre compte.

— Je veux dire que… Je savais dès le début qu'elle venait d'un milieu fortuné, bien sûr. Elle m'avait dit que vous lui aviez confié la direction de ce projet et que c'était sa première expérience professionnelle. Combien de jeunes femmes de son âge ont la chance de faire leurs armes sur un projet aussi fantastique ? Mais si je n'avais pas été au courant de ces détails, si je l'avais rencontrée par hasard, je n'aurais jamais pensé qu'elle appartenait à une classe privilégiée.

— Et pourquoi cela ?

Mia remarqua bien l'impatience colorant la voix de Max, mais ce qui la troublait davantage, c'était l'avant-bras musclé tout proche du sien sur les accoudoirs.

— Parce qu'elle ne porte jamais de vêtements de créateurs et que son train de vie n'a vraiment rien de luxueux. Je ne…

— Je suis obligé de vous croire sur parole, l'interrompit-il brutalement. J'avoue que je n'ai jamais prêté grande attention à la tenue vestimentaire de ma sœur.

Le pilote venant de monter à bord, il s'approcha pour leur serrer la main, puis discuta quelques instants du vol avec Max. Il connaissait manifestement son métier, c'était déjà cela. Parce qu'elle n'avait encore jamais voyagé dans un engin aussi minuscule et ne se sentait pas rassurée.

— Je n'étais encore jamais montée dans un jet privé, dit-elle après s'être éclairci la voix.

— C'est ce que j'avais cru comprendre.

Elle s'agrippa à l'extrémité de l'accoudoir.

— Je… veux dire que je n'ai jamais voyagé dans un avion aussi petit…

— Vous vous sentez bien ?

— Oui oui, acquiesça Mia en hochant la tête.

Lorsque l'appareil commença à rouler sur la piste, l'anxiété lui noua la gorge. Son cœur se mit à battre à un rythme précipité…

— Cessez de mentir. Quelque chose ne va pas ?

— J'ai un peu mal au cœur.

— Pour l'amour du ciel ! Vous tremblez !

— Non, pas du tout, murmura Mia, les mâchoires serrées.

— Regardez-moi !

Elle tourna les yeux vers lui alors que le jet décollait et prenait rapidement de l'altitude. Mon Dieu… On se serait cru dans une fusée… Puis deux choses se produisirent en même temps. Mia ferma les yeux et… Max l'embrassa.

C'était si inattendu qu'elle rouvrit brusquement les paupières. La bouche ferme et douce recouvrait ses lèvres, lui faisant oublier tout le reste. Mia soupira et s'abandonna au baiser, et s'avoua qu'elle rêvait de ce moment depuis le premier instant où elle avait aperçu Max.

Mais sans jamais imaginer que ce serait aussi bon, aussi grisant.

Confusément, elle réalisa que sa main cramponnée à l'accoudoir s'était levée d'elle-même pour se glisser dans les cheveux épais, et que l'autre s'était refermée sur la joue de Max.

Ses mamelons se dressaient sous l'étoffe, et une chaleur délicieuse se répandait entre ses cuisses.

Max avait pris son visage entre ses grandes mains et lui caressait le lobe de l'oreille du bout du doigt. Ce simple contact faisait déferler des courants brûlants en elle, l'embrasant tout entière.

Jusqu'à ce qu'il se redresse soudain et qu'une sensation de froid envahisse Mia.

Il lui fallut plusieurs secondes pour émerger de sa torpeur.

— Vous devriez vous sentir mieux, maintenant, murmura-t-il.

Sur ces mots, il s'adossa de nouveau à son fauteuil et termina sa flûte de champagne.

Si elle se sentait mieux ? Évidemment. Dès qu'il l'avait embrassée, elle s'était perdue dans ce baiser comme une adolescente en proie à ses premiers émois sensuels. Quant à Max, il avait compris qu'elle était terrifiée et avait obligeamment recouru au remède le plus efficace. Et cela avait fonctionné à merveille parce que plus rien n'avait existé sinon sa bouche experte dévorant la sienne.

Mortifiée, les joues en feu, Mia l'observa, puis se fendit d'un sourire poli.

— Je devrais sans doute vous remercier.

Leurs regards restèrent soudés l'un à l'autre tandis que Max gardait le silence, déterminé à ne rien laisser paraître du tumulte qui régnait en lui.

Lorsqu'il était arrivé à Hawaï dans le but de retrouver sa sœur, il ne prévoyait certes pas de se lancer dans un voyage de découverte improvisé qui allait le mener d'île en île.

Ni d'être accompagné d'une femme qui, après avoir refusé de lui donner les informations qu'elle était la seule à détenir, s'obstinait à lui tenir tête à propos de tout et de rien.

Et encore moins à éprouver le désir irrépressible de conquérir cette même femme.

C'était pure faiblesse de sa part, Max le savait. Il se méprisait de céder à un tel égarement, au mépris de toute logique. Mais la force qui le poussait vers Mia l'emportait sur la raison et la logique.

Quand elle lui avait ouvert la porte une heure plus tôt et qu'il l'avait vue dans sa tenue habituelle, il n'avait pu retenir un sourire. Personne n'aurait pu l'accuser de se mettre en valeur pour lui plaire.

Il se demanda comment elle réagirait s'il lui disait combien elle était sexy dans ce pantalon large et ces sandales plates, ses longs cheveux noués en queue-de-cheval.

Sa beauté naturelle irradiait d'elle, et Max songea que sa propre libido y était sans doute particulièrement sensible.

Lorsque Mia s'était assise à côté de lui, il avait inhalé son parfum fleuri avant que, comme il aurait dû s'y attendre, elle se lance dans une comparaison indue entre lui et sa sœur alors que leurs affaires de famille ne la regardaient pas le moins du monde.

En revanche, il ne se serait pas attendu à ce qu'elle lui offre l'occasion de céder au désir qui le consumait sans trêve… Leurs yeux s'étaient croisés, il avait vu de la peur et de la vulnérabilité dans ceux de Mia et n'avait plus pensé qu'à une chose : l'embrasser. L'embrasser pour lui faire oublier sa peur. L'embrasser jusqu'à ce qu'elle oublie tout sauf *lui*.

Elle s'était abandonnée à son baiser sans la moindre résistance, le mettant dans un état d'excitation à peine supportable. Pour la première fois de sa vie, Max avait renoncé à tout contrôle. Il s'était laissé aller complètement.

Et ses propres réactions l'avaient terrifié.

C'était une chose de fantasmer, de rêver d'enfreindre les règles sacro-saintes qu'il s'était imposées, notamment celle de ne jamais mélanger les affaires et le plaisir. C'en était une autre que de s'autoriser à le faire.

Son corps avait pris le pouvoir sur son mental, un phénomène qui ne s'était *jamais* produit auparavant.

Et maintenant qu'il voyait Mia se retrancher dans le silence, résolue à dissimuler son trouble, il brûlait de l'attirer contre lui et de reprendre les choses là où il les avait laissées.

S'il l'avait voulu, il l'aurait possédée tout entière. Il avait senti l'intensité de son désir. Comme il l'avait présumé, elle le désirait autant qu'il la désirait.

Certitude aussi agréable que malvenue car même la plus fabuleuse étreinte ne valait pas qu'on s'inflige l'anxiété et la culpabilité qui accompagnaient inévitablement le plaisir. Car d'instinct, il pressentait que Mia céderait à ces deux émotions.

— Me remercier ? répliqua-t-il enfin d'un ton désinvolte. De vous avoir offert une petite diversion ? J'espère que cela vous a plu ?

— Cela a fonctionné, répondit-elle, de plus en plus crispée.

Max sourit franchement. Elle supportait à peine de le

regarder, alors que la plupart des femmes l'auraient gratifié de longs regards aguicheurs avec force battements de cils.

C'est alors qu'un déclic se produisit en lui. Il reprit possession de son contrôle et, en un éclair, le sentiment déroutant qui l'avait envahi disparut.

— Ravi de vous avoir rendu service.

— Parlez-moi de l'itinéraire.

— L'itinéraire…

— Les endroits où nous irons, où nous serons hébergés…

— J'ai tout imprimé sur papier.

— Je pourrais peut-être le voir, ce papier ?

— Nous examinerons cela ensemble une fois arrivés à l'hôtel. Rien ne presse, et nous allons bientôt atterrir.

Mia se mordilla la lèvre. L'attitude de Max l'agaçait, et, en même temps, elle se sentait encore déstabilisée et avait du mal à réfléchir à quoi que ce soit. Se concentrer sur le travail aurait dû l'aider à se ressaisir, mais, comme il ne jouait pas le jeu, elle ne parvenait pas à ramener la conversation sur un terrain plus inoffensif.

« J'espère que cela vous a plu ? »

Quelle question ! Il se moquait d'elle, de bout en bout. Elle s'était quasiment jetée dans ses bras dès que sa bouche avait effleuré la sienne. Max était un homme expérimenté et il avait forcément remarqué l'ardeur avec laquelle elle répondait à son baiser.

— Je ne sais même pas dans quel hôtel vous avez réservé.

— Il vous plaira, faites-moi confiance.

Mon Dieu, ce sourire…

— À moins qu'après avoir été contrainte de voyager dans cet horrible jet privé, vous répugniez de devoir passer la nuit dans une chambre luxueuse et confortable, poursuivit-il avec une lueur taquine au fond des yeux.

— Je n'ai jamais dit qu'il était horrible !

— Non, c'est exact. Mais vous avez néanmoins réussi à me faire remarquer que mes choix de vie étaient trop matérialistes et n'avaient par conséquent rien d'enviable.

Il n'avait pas l'air offensé, plutôt amusé. Il paraissait *détendu*, alors que de son côté Mia se sentait si chamboulée qu'elle ne savait plus où elle en était.

— Je regrette de vous avoir donné cette impression, dit-elle, le plus posément possible.

— Non, vous ne regrettez rien du tout, répliqua Max, toujours en souriant. S'il y a une chose que vous ne regrettez jamais, c'est de me donner la migraine.

— Ce n'est pas vrai ! protesta-t-elle avec force.

— J'aime cela, murmura Max.

Déstabilisée encore une fois, elle baissa les yeux et le regarda par-dessous ses cils.

— Seriez-vous à court de repartie ? reprit-il. Incroyable…

— Je… Je…

— Je suis en permanence entouré d'individus déterminés à me faire plaisir. Je trouve rafraîchissant d'être en compagnie d'une personne déterminée à me critiquer.

— Je ne… Je ne suis pas déterminée à vous critiquer…

Il *aimait* cela… Il trouvait son attitude *rafraîchissante*…

Mia réprima un frisson de plaisir. Il *la* trouvait rafraîchissante ? Depuis quand ? Lorsqu'elle avait refusé de lui révéler où était partie sa sœur, il ne paraissait pas vraiment ravi…

Et en l'embrassant ? Qu'avait-il éprouvé ? Avait-il agi dans le seul but de la rassurer, ou avait-il cédé à un autre désir…

Était-il possible qu'il partage l'attirance qu'elle ressentait pour lui ?

Pas question de se laisser aller à ce genre de fantasme !

Ce serait une grave erreur et cela équivaudrait à trahir tous ses principes. D'où la nécessité de ramener la conversation sur un terrain plus réaliste, avant qu'elle ne prenne un tour incontrôlable.

— Tout s'est enchaîné très vite, dit Mia en se redressant sur son siège.

Mais elle avait beau ne pas regarder Max, elle sentait son regard posé sur elle. Il l'observait, attentif au moindre mouvement de son corps, à la moindre inflexion de sa voix.

— Et je n'ai pas eu le temps d'établir quelques règles de base.

— Quelques règles de base ?

— Oui.

Elle tourna la tête vers lui et le regretta aussitôt. Parce qu'elle ne pouvait que contempler sa belle bouche.

Se ressaisissant immédiatement, elle le fixa dans les yeux et poursuivit :

— Et, avant que vous ne me rappeliez que je travaille pour vous, je dois de mon côté vous rappeler que mes horaires de travail sont de 9 à 17 heures.

— Inutile de me le rappeler. Je n'ai pas l'intention de vous menotter et de vous forcer à travailler uniquement pour vous montrer qui est le patron.

— Parfait.

— Vous connaissez bien les îles, je suppose ?

— Plutôt, oui, répondit Mia, soulagée de revenir sur le terrain professionnel. Et j'ai emmené Izzy faire un tour dans plusieurs d'entre elles lorsqu'elle m'a dit qu'elle désirait avoir une idée d'ensemble de l'archipel. Elle voulait sortir des sentiers battus. Bien que l'on ne puisse pas dire que certaines parties de Maui aient échappé aux promoteurs en tout genre.

Elle sourit.

— J'imagine que vous souhaitez voir autre chose que les sites touristiques. Nous pourrions prendre un guide.

— Nous pourrions, en effet, murmura Max. Nous discuterons de tout cela à l'hôtel, ainsi que des détails concernant le déroulement de notre petit voyage. Parlez-moi de votre expérience personnelle, de votre vécu d'Hawaïenne.

— Pardon ? fit Mia, perplexe.

— Je ne m'étais encore jamais aventuré dans cette partie du globe.

Elle s'appuya contre le dossier de son siège et ferma les yeux tandis que des souvenirs rejaillissaient dans son esprit, tels des flashs. Elle se revit apprenant à nager, puis se souvint du jour où, alors qu'elle savait à peine marcher, ses parents lui avaient offert sa première petite planche de surf… Elle repensa aux pique-niques en famille, aux nuits sous la tente… Elle repensa à son amour de la nature et à sa décision de choisir une profession qu'elle pourrait exercer en plein air, contrairement à ses sœurs qui avaient embrassé des carrières plus classiques. Cependant, quand Izzy lui avait demandé si elle voulait bien l'aider à s'occuper de la « paperasse barbante », Mia avait découvert avec surprise qu'elle aimait cela.

Lorsqu'elle se tut, le jet atterrissait sur la piste.

— Vous auriez dû m'interrompre, protesta-t-elle en rougissant. J'ai dû vous ennuyer, avec mes histoires.

— Au contraire, murmura Max. C'était très instructif. Maintenant, cramponnez-vous, nous atterrissons. Accrochez-vous à ma main si besoin.

— Le pire, c'est le décollage, avoua Mia. Quand on atterrit, il y a la terre ferme en dessous…

Cependant, elle ne repoussa pas la main de Max quand il la referma sur la sienne. Elle savoura au contraire la sensation qui l'envahit et se sentit en sécurité.

— [illegible] que vous [illegible] autre chose que [illegible]

— [illegible]

[illegible]

— [illegible] (Mon [illegible])

— [illegible]

[illegible] Elle [illegible] de la [illegible]

[illegible]

[illegible]

— [illegible]

[illegible]

7.

À l'aéroport, ils montèrent à bord de la BMW noire qui les attendait et le chauffeur en uniforme les conduisit à l'hôtel sélectionné par Max.

Elle aurait pu facilement s'habituer à ce genre de vie, songea Mia avec un léger sentiment de culpabilité. C'était plus agréable que de chercher ses bagages sur le tapis roulant, puis d'attendre le bus par une chaleur accablante, de marcher en tirant sa valise et en s'excusant tous les deux pas parce que l'on avait heurté ou bousculé quelqu'un…

L'hôtel exsudait un luxe inouï, naturellement, d'immenses baies vitrées donnant au loin sur le Pacifique, et au premier plan sur de somptueux jardins au milieu desquels s'insérait une vaste piscine en forme de haricot.

Entourés d'oiseaux de paradis trônant dans d'énormes pots blancs disposés de chaque côté du hall, ils s'avancèrent sur le sol pavé de marbre tandis que Mia tâchait de ne pas penser à sa tenue. Elle était venue à Maui pour travailler, se sermonna-t-elle, pas pour se prélasser sur un transat au bord de la piscine en sirotant un cocktail. Elle n'avait pas emporté de maillot de bain, de toute façon.

Conscient qu'elle était encore handicapée par sa cheville, Max marchait tout près d'elle et, dès qu'ils furent en possession de leurs clés respectives, il l'invita à aller se reposer.

— Venez me retrouver au bar à 18 heures, dit-il d'un

ton neutre. Nous boirons un verre puis dînerons de bonne heure en discutant de notre programme d'exploration.

Mia hésita. Où qu'elle pose les yeux, elle voyait des vêtements de créateurs, des bagages de créateurs, et tant de lunettes de soleil qu'elle avait l'impression de se retrouver dans un film de James Bond.

De son côté, Max était en parfaite harmonie avec l'établissement et la clientèle huppée. Même en jean et simple polo, il dégageait une aura de sophistication qui le distinguait de tous les autres hommes présents. Cela tenait à sa façon de se mouvoir, à sa haute stature et à cette manière qu'il avait de montrer qu'il se fichait complètement de l'opinion de quiconque. Il suffisait de le regarder pour comprendre que Max Stowe appartenait à la race des leaders. Et plus d'une tête se retournait sur son passage, remarqua Mia. Quant aux femmes, elles ne dissimulaient pas leur intérêt, voire leur convoitise. Certaines le dévoraient littéralement des yeux.

Le laissant dans le hall, elle prit l'ascenseur et découvrit bientôt sa suite… qui communiquait avec celle de Max. La porte était verrouillée, mais il aurait suffi d'avoir la clé pour l'ouvrir.

Le salon, spacieux et à la décoration raffinée, comportait une kitchenette adjacente et les baies vitrées ouvraient sur un balcon privé offrant un panorama grandiose avec le Pacifique en toile de fond. Dans la salle de bains, la baignoire aurait pu contenir deux personnes et comportait un nombre impressionnant de boutons.

La douleur ayant diminué, Mia se déshabilla aisément et prit un long bain, sans même tenter d'utiliser les jets et autres gadgets à sa disposition.

Son sac ayant été déposé dans sa suite avant son arrivée, elle sortit ensuite ses vêtements et soupira. Au moment de les choisir, elle n'avait pas pensé qu'elle pourrait avoir besoin de tenues plus habillées…

Un short en jean et un T-shirt blanc lui avaient paru parfaits pour aller se balader seule et manger dans un petit restau local. Mais, si elle rejoignait Max au bar dans cet accoutrement, elle aurait l'air d'une ado attardée…

Et, lorsqu'elle se résolut à quitter sa suite, le fait de clopiner en s'appuyant sur sa béquille ne l'aida pas à se sentir plus à l'aise.

En outre, Mia eut du mal à trouver le bar. L'hôtel était vraiment gigantesque et, après avoir dû demander son chemin plusieurs fois, elle arriva enfin à destination, avec dix minutes de retard.

Elle repéra Max au premier coup d'œil. Il travaillait, installé devant son ordinateur portable et complètement indifférent à tout ce qui l'entourait.

Comment faisait-il pour paraître aussi élégant et décontracté à la fois ? Pourquoi, dans ce bar immense et luxueux, ne voyait-elle que lui ?

Lorsque, après avoir inspiré profondément, Mia s'avança vers lui avec l'espoir qu'il reste concentré sur son écran, il tourna hélas la tête vers elle et la regarda progresser dans sa direction.

Les joues en feu, elle s'assit en face de lui sur la chaise design. Elle se sentait complètement déplacée dans cet environnement sophistiqué.

— Désolée, je suis un peu en retard. Et je m'excuse pour ma tenue… J'aurais dû emporter des vêtements plus… habillés…

Max regarda autour de lui comme s'il s'apercevait seulement maintenant du luxe qui l'entourait. Puis ses yeux bleus se posèrent sur elle, et il la dévisagea en silence, l'air songeur.

Elle se raidit, s'attendant à une remarque sarcastique.

— Cela vous ennuie ? demanda-t-il d'une voix douce.

— Bien sûr que non, prétendit Mia.

— Bien sûr que si. C'est tout à fait compréhensible que vous vous sentiez mal à l'aise au milieu de ces femmes ultra-sophistiquées.

Et voilà. Elle aurait mieux fait de se taire…

Mia baissa les yeux sur la carte des boissons et prit délibérément son temps pour effectuer son choix, histoire de se donner une contenance.

— Un verre de vin blanc, dit-elle lorsqu'un serveur apparut soudain devant leur table.

Max commanda une bouteille de chardonnay ainsi qu'un plateau de charcuterie et un autre de fromages.

— Cela vous permettra d'aller vous coucher tôt.

Il l'observa un instant en silence avant d'ajouter :

— À moins que vous ne préfériez aller dîner dans l'un des restaurants de l'hôtel ?

En réalité, il avait commandé de quoi se restaurer pour lui éviter d'aller au restaurant, comprit Mia. Parce qu'il savait qu'elle s'y sentirait encore moins à l'aise que dans ce bar.

La tension qui lui oppressait la poitrine s'allégea d'un coup, et elle sourit à Max avec gratitude.

Durant quelques secondes, ils se regardèrent dans les yeux sans prononcer un mot. Ils n'avaient pas besoin de parler pour se comprendre parfaitement.

Le retour du serveur rompit le charme de l'instant. Après avoir fait goûter le vin à Max, il s'éclipsa avant de revenir avec la charcuterie, les fromages, de la salade verte, ainsi qu'une corbeille de petits pains sortant du four.

S'apercevant qu'elle mourait de faim, Mia se servit généreusement en même temps qu'ils commençaient à discuter du déroulement de leur voyage.

Ils se concentreraient sur les îles de Maui et Kauai, décidèrent-ils d'un commun accord.

— J'ignorais que ma sœur aimait la nature, dit-il lorsque le serveur eut emporté plateaux et assiettes d'un geste ample et expert.

— On croit connaître une personne, répliqua spontanément Mia, avant de découvrir qu'on ne la connaissait pas si bien, en fin de compte.

— Vous faites allusion à votre ex-mari, je présume ?

En temps normal, cette simple question l'aurait amenée aussitôt à faire marche arrière, à se retrancher derrière ses barrières de protection pour éviter toute question embarrassante. Mais elle avait bu deux verres de vin, l'atmosphère était conviviale, aussi hocha-t-elle la tête en se souvenant que Max avait une excellente mémoire.

Elle repensa soudain à ce baiser dévastateur, destiné à lui faire oublier son appréhension…

Mais pourquoi venait-elle de faire de nouveau allusion à sa relation avec Kai ? Quel rapport entre son mariage raté et leur programme d'exploration ?

— C'est cela, le problème avec le mariage, dit Max, rompant ainsi le silence qui se prolongeait. Toutes sortes de problèmes surgissent sans crier gare, des complications et des difficultés dont vous ne soupçonniez même pas l'existence et, en un clin d'œil, ce qui était au départ une relation harmonieuse et équilibrée se dégrade et finit par tourner au drame.

— Non, pas toujours. Mes parents sont heureux en ménage et ils fêteront bientôt leur trente-cinquième anniversaire de mariage.

— Ce qui rend la chose encore plus surprenante.

— Surprenante ? répéta Mia en contemplant son verre vide.

Elle avait les idées un peu confuses. L'esprit flou. Sans parler de la proximité de Max qui l'affectait de plus en plus.

— Oui, le fait que vous n'ayez pas cherché à remplacer Kai est plutôt étonnant.

— Qui vous dit que c'est le cas ?

— Vous avez cherché quelqu'un ? rétorqua-t-il du tac au tac.

— J'avais d'autres projets en tête.

— Et personne n'est apparu dans votre vie pour vous détourner de ces autres projets ?

— J'ai fréquenté plusieurs hommes, mais je ne suis pas pressée de m'engager dans une nouvelle relation à long terme.

— Peut-être parce que vous n'avez pas rencontré « le bon », pour reprendre votre expression.

Mia détourna les yeux. Son pouls battait trop vite. Max avait le don de lui faire dire des choses qu'elle aurait préféré garder pour elle.

Il fallait mettre un terme à cette conversation sous peine d'être entraînée malgré elle dans des territoires hasardeux. Max appartenait à un autre univers, ils n'avaient rien de commun. Excepté au plan professionnel.

— Demain…

— Demain, nous nous mettons au travail ! conclut-il après un léger silence.

— Alors je vais regagner ma suite, si vous n'y voyez pas d'inconvénient ?

Sans attendre sa réponse, Mia se leva maladroitement et prit sa béquille tandis qu'il la regardait faire.

Au moment où elle allait se détourner, il la salua d'un petit geste de la main, toujours aussi décontracté et maître de lui-même.

Max l'observa s'éloigner en boitillant. Sous ses dehors crâne, Mia était parfois sujette à des accès de vulnérabilité qui la rendaient encore plus attirante, plus féminine. Et encore plus sexy.

Il l'avait désirée dès les premiers instants, mais à présent il se consumait littéralement pour elle. Dégagé des règles draconiennes qu'il s'imposait et qui lui interdisaient toute relation avec une employée, il laissa son esprit vagabonder à sa guise dans des territoires qu'il se sentait prêt à explorer. Et il ne s'agissait pas seulement d'îles.

C'était la beauté naturelle de Mia, qui tranchait avec celle des femmes ultra-sophistiquées et glamour qui fréquentaient les lieux, pas son short et son T-shirt. Et le fait qu'elle ne s'en rende pas compte avait quelque chose de déroutant et de touchant.

Ce mélange de sensualité et d'innocence éveillait l'instinct protecteur de Max, phénomène inhabituel qui l'amusait… et le dérangeait.

Deux heures plus tard, après s'être entretenu avec divers directeurs disséminés de par le monde, et avoir répondu à des mails urgents, il se retira à son tour dans sa suite, voisine de la sienne.

Unc porte les séparait. Verrouillée, mais le simple fait qu'un seul panneau de bois satiné se dresse entre eux suffisait à faire défiler une multitude d'images torrides dans son esprit.

Le salon était glacial à cause de la climatisation, mais la chaleur pulsait en Max, l'amenant à des réflexions insolites qui le tinrent éveillé une bonne partie de la nuit.

Comme il n'avait pas fixé d'heure de rendez-vous à Mia, il ne fut pas surpris de recevoir un SMS de sa part le lendemain matin, lui annonçant qu'elle prendrait le petit déjeuner dans sa suite.

Inutile de perdre du temps en échange de messages écrits, décréta-t-il en appuyant sur la touche d'appel.

— Pourquoi ? demanda-t-il sans préambule quand elle décrocha

— Je viens de me laver les cheveux… Et j'ai ôté le bandage pour voir si je pouvais me déplacer sans béquille…

Prétextes.

— Retrouvons-nous dans le hall.

Max baissa les yeux sur sa montre.

— Dans une heure.

D'ici là, il aurait le temps de régler quelques détails qui lui tenaient à cœur.

Il l'attendait depuis quelques minutes lorsqu'elle arriva à l'heure fixée, la tenue de la veille ayant été remplacée par une autre quasiment identique, mais aux teintes légèrement différentes.

Lorsque Max se leva de son fauteuil et s'avança à sa rencontre, Mia s'immobilisa un bref instant. Ses cheveux mouillés et sa cheville n'avaient été qu'un prétexte. Elle avait décidé de prendre un peu de temps pour se préparer à le revoir, et pour bien se rappeler qu'ils se trouvaient à Maui pour le travail, et non pour le plaisir.

Hélas, dès qu'elle l'avait aperçu, son cœur s'était emballé et, la bouche sèche, elle n'avait pu que contempler le beau visage de son… employeur.

Elle n'allait tout de même pas tomber amoureuse de lui ? Elle possédait assez de bon sens pour ne pas commettre une erreur aussi monumentale, non ? Et pourtant, quelque chose frémissait en elle, un désir de s'abandonner à lui, corps et âme. Mia redressa le menton, résolue à chasser ces pensées aussi absurdes que dangereuses.

— Presque guéri, dit-elle avec un sourire poli en baissant les yeux sur son pied. J'ai toujours ma béquille, mais vous aviez raison, ce n'était qu'une foulure bénigne. Et je marcherai bientôt sans aide.

— Excellente nouvelle, répliqua-t-il.

— Alors, vous avez le programme détaillé de la journée ?

— Naturellement.

Au lieu de lui donner des précisions, il lui prit le coude et l'entraîna doucement en sens inverse.

— Où allons-nous ?

— Vous ne vous sentiez pas très à l'aise hier soir, en short et T-shirt. Et vous ne vous sentirez pas mieux ce soir au restaurant.

— Je… Pourquoi irais-je au restaurant ? balbutia Mia.

— Vous avez prévu de dîner où, exactement ?

— Je ne sais pas ! Je comptais aller faire un tour… et manger un morceau quelque part…

— Partir à l'aventure seule et avec une béquille n'est pas…

— Je peux presque m'en passer !

— Et nous allons tout faire pour ! N'oubliez pas que vous êtes ici pour effectuer un travail, Mia, et que vous serez d'autant plus performante que vous marcherez sur vos deux pieds sans souffrir. Et ce n'est pas en passant des heures à errer dans la nature par cette chaleur, puis à aller de bistrot en bistrot pour trouver un endroit convenable où « manger un morceau », que vous y arriverez. J'ai besoin de vous, en forme et mobile, le plus rapidement possible.

Elle le foudroya du regard.

— Vous ne m'avez toujours pas expliqué…

— Ah, nous y sommes, l'interrompit-il en souriant.

Mia regarda autour d'elle avec surprise. Elle ne s'était même pas rendu compte qu'il avait pris la direction des boutiques de luxe installées au cœur même de l'hôtel.

— Comment cela, *nous y sommes* ? Qu'est-ce que nous faisons ici ?

— Les vêtements que vous avez emportés sont mal adaptés aux circonstances, répondit-il avec un haussement d'épaules. Et nous allons remédier à ce petit problème.

— Ne me dites pas ce que je dois faire, s'il vous plaît !

— Il vous faut quelques nouvelles tenues, ne dites pas le contraire. Choisissez ce que vous voulez.

— Je n'ai pas besoin de nouveaux vêtements !

— Et moi je me passerais volontiers de me donner en spectacle.

Tournant les yeux vers une vitrine, Mia aperçut deux élégantes vendeuses qui les observaient, avant de se détourner aussitôt et de disparaître.

— C'est ridicule, répliqua-t-elle. Et en plus, je n'ai pas les moyens d'acheter quoi que ce soit dans ce genre de boutique.

— Parce que vous croyez que je vous laisserais régler vos achats ? Vous êtes ici à cause de moi et j'ai bien l'intention de couvrir tous vos frais.

Ils se défièrent du regard durant quelques secondes. Comment exprimer ce qu'elle ressentait ? Lui expliquer que choisir des tenues avec lui aurait été beaucoup trop intime ?

— N'essayez pas de me tenir tête, Mia.

— D'accord, dit-elle en carrant les épaules. Je m'incline. Mais je suis une grande fille et tout à fait capable de choisir mes vêtements toute seule.

Mia sortit son smartphone pour regarder l'heure.

— Si je vous retrouve dans le hall dans une heure et demie, cela vous va ?

Il se passa la main dans les cheveux en soupirant, puis hocha la tête.

Plus d'une heure durant, Mia se laissa guider par une vendeuse au physique de mannequin et qui, après l'avoir complimentée sur sa silhouette, lui fit essayer toutes sortes de vêtements plus somptueux les uns que les autres.

Pour finir, elle se retrouva devant un ensemble de sacs noir et doré – lesquels seraient bien sûr déposés dans sa suite –, étourdie par l'expérience unique qu'elle venait de vivre et ne sachant plus trop ce qu'elle avait acheté.

— Alors, c'était comment, la salle de torture ? demanda Max quand elle le retrouva dans le hall.

Inutile de prétendre que cette séance de shopping avait été pénible.

— Fantastique ! s'exclama-t-elle en souriant.

Une fois installés à l'arrière de la voiture réservée par Max, ils demeurèrent silencieux tous les deux tandis que le paysage familier se déroulait derrière les vitres. Il n'y avait pas grand monde, sur ces petites routes bordées d'arbres déployant toutes les nuances de vert et de buissons géants aux fleurs violettes et rouges. Il pleuvait énormément, sur cette île, expliqua-t-elle à Max, d'où la luxuriance des feuillages et les couleurs vives.

Le chauffeur étant un excellent guide, capable de nommer chaque arbre et chaque fleur, lui et Mia se livrèrent bientôt à une petite compétition amicale. C'était à qui en saurait le plus sur la flore locale. Sans que cela n'empêche Mia de demeurer ultra-sensible à la proximité de Max.

Traversant un cours d'eau sur un pont à une voie, ils baissèrent les vitres pour respirer la brise tiède. Au grand soulagement de Mia, Max posa de nombreuses questions, lui permettant ainsi de se concentrer sur l'aspect professionnel de l'excursion.

Connaissant l'île par cœur, elle pria le chauffeur de s'arrêter à Halfway to Hana où ils dégustèrent les célèbres gâteaux à la banane, accompagnés de la délicieuse glace à la vanille aux noix de macadamia. L'endroit était très fréquenté, la plage bondée et bruyante, mais Max semblait parfaitement à l'aise dans cette ambiance populaire.

Après avoir repris la route et exploré différents sites, il demanda au chauffeur de regagner l'hôtel et le retour s'effectua dans le silence.

Lorsqu'ils pénétrèrent dans le hall, il était 16 heures passées.

— Venez me retrouver à 19 heures, lui dit Max au moment où Mia allait se diriger vers les ascenseurs.

Il lui indiqua le nom du restaurant, puis s'éloigna rapidement vers le bar. Pour passer des coups de fil, sans doute. Et rattraper le temps perdu.

S'arrêtait-il jamais de travailler ? s'interrogea-t-elle en regagnant sa suite.

Lorsqu'elle explora le contenu des sacs rangés en ligne dans l'entrée, ce fut presque comme si elle voyait la plupart des vêtements pour la première fois.

Du bout des doigts, elle effleura la robe en soie bleu cobalt, puis en déplia une autre, à motifs fantaisie, plus courte et plus moulante, mais si jolie…

À une époque, elle portait ce genre de robes. Avant. Avant son divorce. Après, Mia avait opté pour la discrétion.

À une époque, elle riait beaucoup plus que maintenant, préférait les couleurs vives et laissait tomber librement ses cheveux sur ses épaules et son dos.

Submergée par une vague de nostalgie, elle enfila la

robe et se regarda dans le miroir avant de rester figée en découvrant son reflet.

Celui d'une jeune femme svelte et sexy resurgie du passé.

À 18 h 45, Mia descendit et se dirigea vers le restaurant où elle avait rendez-vous avec Max. Elle avait emporté sa béquille mais n'en avait plus vraiment besoin, à tel point qu'elle regretta presque de l'avoir prise.

Le restaurant, aux dimensions modestes, dégageait une atmosphère intime mais très animée. Les serveurs circulaient avec d'immenses plateaux ronds. Cependant, l'ambiance décontractée ne parvenait pas à faire oublier qu'il s'agissait d'un lieu réservé à une clientèle fortunée. Les murs vert céladon, les tapis aux teintes pastel, les nappes de lin blanc, l'éclairage doré… Tout respirait le luxe et le raffinement.

Comme la veille au soir, Mia repéra aussitôt Max. Cette fois, il portait une chemise blanche à manches courtes et un élégant pantalon gris anthracite. Il émanait de lui une aura si virile, si sensuelle, qu'elle le fixa quelques instants en silence, le cœur battant la chamade, avant de s'avancer vers lui.

Max avait réservé une table située dans un coin de la salle, un peu à l'écart, et il regarda Mia se diriger vers lui d'un air faussement détaché. Il l'attendait depuis un quart d'heure avec une impatience grandissante et dans un état d'excitation quasi impossible à dominer.

Pourquoi jouait-il ainsi avec le feu, lui qui se targuait de contrôler les moindres aspects de sa vie ?

Le petit voyage à travers l'île avait représenté une véritable torture. Se trouver avec elle pendant plusieurs heures d'affilée, respirer son parfum frais et fleuri, contempler le beau visage à la peau mate et lisse…

Désormais, il ne tentait plus de refréner son élan. Il la désirait comme un fou, même s'il ne pouvait s'expliquer pourquoi.

Peut-être que s'il n'avait pas senti l'alchimie palpiter entre eux, s'il n'avait pas goûté à la douceur de sa bouche ni aperçu l'éclat brûlant de son regard quand elle ne se savait pas observée… Mais il avait bel et bien senti l'alchimie, il s'était délecté du goût divin de sa bouche, il avait vu l'éclat fauve incendier les yeux noisette et il en avait été affecté d'une façon inédite, stupéfiante et presque choquante.

À présent, rien qu'à la regarder, il sentait le désir pulser dans ses veines.

C'était la première fois qu'il la voyait en robe.

Max se concentra sur sa respiration pour maîtriser les réactions de sa libido. Il s'était engagé dans un jeu dangereux, il le savait et, au lieu de se méfier, il brûlait de se lancer dans l'aventure.

8.

La nourriture était goûteuse et raffinée, le champagne fruité, et la conversation porta exclusivement sur le travail.

Max lui posa des questions pertinentes, l'interrogea sur les parties de l'île qu'il n'avait pas pu voir. Ils discutèrent des divers aspects financiers de certains des projets que sa sœur avait commencé à mettre en place. Ils définirent des priorités, tout en continuant de boire du champagne. Il avait apporté son ordinateur portable de manière à pouvoir vérifier certaines données, comparer les prix, et évaluer les bénéfices.

Parler travail aurait dû détendre Mia, la conversation aurait dû lui éviter d'avoir à se surveiller en permanence.

Mais un je-ne-sais-quoi pulsait secrètement entre eux tandis qu'ils avançaient des montants et faisaient des projections. Quelque chose d'indéfinissable, une sorte de courant chaud et vibrant, aussi ténu qu'une ombre mais bel et bien présent. Lorsque Mia sentait le genou de Max frôler le sien sous la table, par exemple. Ou qu'elle surprenait une lueur amusée dans les yeux bleus, ou bien un petit sourire au coin des belles lèvres sensuelles.

Une autre conversation se déroulait en sourdine. Un échange secret et follement excitant.

Mia aimait la sensation du champagne pétillant sur sa langue, l'excitation qui courait dans ses veines, l'ambiance décontractée et raffinée qui les entourait, le frisson qui la traversa lorsqu'ils se dirigèrent vers les ascenseurs…

Comment la soirée allait-elle se terminer ?

— Alors, que pensez-vous de votre suite ? demanda Max au moment où la cabine s'élevait en silence.

— Ma suite ? répéta-t-elle bêtement.

— Oui, votre suite, dit-il en soutenant son regard. Elle vous plaît ? Vous vous y sentez bien ?

— Fabuleusement bien. Même si ce n'est pas vraiment l'atmosphère qu'Izzy avait en tête pour…

— Je n'ai pas envie de parler de ma sœur ni de ses idées, l'interrompit-il.

— Je voulais juste…

Les portes coulissèrent en émettant un petit « ding », et ils se retrouvèrent dans le large couloir aux murs lambrissés qui conduisait à leurs suites.

— Nous venons de passer deux heures à parler travail, murmura Max. Nous avons maintenant deux minutes avant de regagner nos suites respectives, pour évoquer ce dont nous désirions réellement parler au cours du dîner.

Le cœur de Mia se mit à battre à un rythme fou. Elle ne regardait pas Max, mais sa proximité la faisait frémir jusque dans les moindres cellules de son corps. Elle tourna la tête vers lui et soutint son regard brûlant.

Elle était jeune ! Ne méritait-elle pas de s'amuser un peu, pour une fois ? Jamais elle n'avait ressenti un désir aussi impérieux, aussi sauvage.

L'homme idéal n'avait pas encore croisé son chemin mais, en attendant de le rencontrer, pourquoi ne pas se permettre une petite folie ? En s'abandonnant à son désir, elle ne ferait de mal à personne !

Max attendait. C'était à elle de décider.

— Nous pourrions peut-être boire un dernier verre…, chuchota Mia.

Max serra les poings. Les fantasmes de ces derniers jours et le désir qui le ravageait en permanence se confondirent dans l'instant présent.

Il dut faire un effort pour ne pas soulever Mia dans ses bras, l'adosser contre le mur et la prendre, là, maintenant. S'il avait eu la certitude que personne ne viendrait les déranger, il aurait cédé à son désir.

Doucement, il faufila les doigts dans les longs cheveux, pencha la tête et poussa un gémissement étouffé à la seconde où sa bouche prit possession de la sienne. Il se pressa contre le corps doux et ferme, savoura la sensation des courbes délicieuses s'abandonnant contre lui et mettant sa libido à rude épreuve.

— Allons dans un endroit plus tranquille, dit-il d'une voix rauque contre ses lèvres.

Sans laisser à Mia le temps de réagir, il glissa la clé magnétique dans la serrure en même temps qu'il la soulevait dans ses bras.

La béquille tomba sur le sol, mais il ne perdit pas de temps à la ramasser et transporta son précieux fardeau jusqu'à sa chambre que baignait une lumière argentée.

Il la regarda, étendue sur le lit. Il la voulait nue et offerte. Il en rêvait depuis le premier instant où il avait posé les yeux sur elle.

Mais Max ne savait pas comment la soirée finirait. Il avait *espéré* la terminer avec Mia, mais elle était si imprévisible, à l'inverse des femmes qu'il fréquentait d'habitude, qu'il s'attendait à tout avec elle. Sa fierté l'empêchait de lui faire ouvertement des avances, mais, quand ils avaient progressé dans le couloir en direction de leurs suites, plus rien n'avait existé qu'elle et le désir qui le consumait.

À présent, elle était enfin allongée sur son lit comme il l'avait imaginé. Elle portait encore sa robe, mais pas les chaussures, et elle le dévisageait en silence, les yeux étincelant d'un désir si intense qu'il dut fournir un effort surhumain pour réprimer son impatience.

Il inspira profondément, ferma à demi les paupières, puis commença à se déshabiller.

Le cœur battant à tout rompre, en proie à une excitation insensée, Mia regarda le pantalon descendre sur les hanches étroites, le caleçon noir distendu par la puissante érection...

Lorsque celui-ci rejoignit le pantalon sur le tapis, elle se mit à trembler et ferma les yeux.

— Je te désire comme un fou, dit Max d'une voix rauque en s'allongeant près d'elle.

Incapable de prononcer un mot, elle rouvrit les yeux et hocha la tête, lui disant à sa façon qu'elle partageait son désir, et laissa échapper un halètement.

L'instant d'après, il passa la main sous sa robe, agrippa sa culotte et la fit glisser sur ses jambes, avant de reprendre sa bouche avec fièvre tandis que Mia tremblait de désir et ondulait sous lui, impatiente de le sentir en elle.

Max se redressa pour prendre un préservatif dans son portefeuille, déchira le sachet à la hâte, puis, du plus lentement qu'il put, la pénétra.

Fermant de nouveau les yeux, Mia enfonça les ongles dans son dos pour mieux savourer la sensation délicieuse que ces coups de reins de plus en plus puissants déclenchaient en elle.

C'était merveilleux... Divin...

Jamais elle n'aurait imaginé éprouver une telle volupté.

Son cerveau cessa de fonctionner et elle poussa un cri, suivi d'un autre qui sembla jaillir du tréfonds d'elle-même, avant d'être emportée par un orgasme fulgurant.

Elle reprit peu à peu ses esprits et se sentit flotter dans un petit nuage doux et vaporeux. Max lui laissa recouvrer son souffle, puis bascula sur le côté en la serrant dans ses bras si bien qu'ils se retrouvèrent enlacés, la jambe de Mia refermée sur sa hanche, un bras passé autour de sa taille.

Tout paraissait si naturel…

— Je suis désolé. Je ne t'ai même pas déshabillée. Ce n'est pas du tout mon genre, pourtant…

Il prit le visage de Mia entre ses mains et la regarda, les yeux emplis de regret.

— Cela n'aurait pas dû se passer ainsi. Tu devrais être nue, mais je n'ai pas pu m'arrêter, ni même ralentir. Tout a été trop vite, et j'en suis vraiment désolé.

— Ne sois pas désolé, chuchota-t-elle. C'était fabuleux…

— Pour moi aussi. Stupéfiant. Mais la prochaine fois, ce sera encore plus incroyable, je te le promets.

La prochaine fois…

Ce qu'elle vivait n'avait aucun sens. Elle venait de faire l'amour dans une chambre d'hôtel avec un homme qu'elle connaissait à peine !

Au moment où elle y était entrée, dans les bras de Max, Mia n'avait pensé à rien, mais maintenant une sensation inconnue se faisait jour en elle tandis que les trois mots continuaient de tourner en boucle dans sa tête.

— La prochaine fois, répéta-t-il, la voix rauque, nous prendrons tout notre temps…

Mia tressaillit. Elle venait à peine de jouir, son corps frémissait encore de plaisir, et elle sentait déjà le désir renaître en elle.

Réagissait-elle ainsi à cause de ses années de célibat ?

Elle avait l'impression de s'être réveillée d'un profond engourdissement en l'espace de quelques secondes.

Elle se blottit contre lui, dans sa chaleur virile. Max sourit et repoussa une mèche de cheveux posée sur sa joue, puis l'embrassa au coin des lèvres.

Mais, lorsqu'elle voulut se redresser pour se débarrasser de sa robe, il la serra contre lui en chuchotant :

— Non. Je vais m'occuper de toi comme j'aurais dû le faire tout à l'heure.

Dès qu'il lui eut ôté sa robe et son soutien-gorge, Mia s'appuya aux oreillers et vit le désir flamboyer dans les yeux bleus. Jamais elle ne s'était sentie autant désirée.

— Tu es si belle ! Je vais avoir du mal à résister au désir de te posséder à nouveau, sur-le-champ…

— Pourquoi voudrais-tu résister ? demanda-t-elle, un peu perplexe.

— Parce que je vais faire couler un bain, le remplir de bulles et t'enduire de savon *très* délicatement, et ensuite je t'envelopperai dans une grande serviette et te ramènerai ici, dans ce lit, pour te faire l'amour en prenant tout mon temps.

Mia rougit de plaisir et se laissa chouchouter avec délice. Il tint toutes ses promesses et, la baignoire étant suffisamment grande pour deux, ils s'installèrent ensemble dans la mousse parfumée, elle assise devant lui, entre ses cuisses musclées, la tête appuyée contre son épaule.

Complètement détendue, elle s'abandonna aux mains expertes qui l'enduisaient de savon parfumé à la lavande, avant de se livrer à de savantes caresses.

Quel serait le prochain épisode de cet enivrant scénario ? Mia n'en savait rien et s'en fichait.

Max sortit du bain le premier et lui dit de ne pas bouger.

Avec sa serviette blanche lui ceignant les reins et ses

cheveux noirs mouillés et peignés en arrière, il ressemblait à un majestueux empereur romain.

Il fit couler de l'eau bien chaude pour réchauffer le bain, puis entreprit de lui masser la nuque, les épaules, avant de refermer les paumes sur ses seins.

Puis les grandes mains descendirent sur son ventre. Quand il glissa un doigt au cœur de son intimité, Mia ferma les yeux pour mieux goûter les sensations exquises qui se propageaient dans tout son corps. Puis, Max la prit dans ses bras et la souleva hors de l'eau, avant de l'envelopper dans une immense serviette chaude, pour l'emporter jusqu'au lit.

Max recula d'un pas pour la regarder.

Toujours drapée dans la serviette blanche, elle se tenait devant lui, immobile et souriante.

— Lentement, murmura-t-il. Cette fois, je vais explorer ton corps ravissant, centimètre par centimètre.

Comment allait-il réussir cette prouesse, il ne le savait pas trop. Sa libido rugissait, son érection devenait presque douloureuse.

Il se rapprocha d'elle et repoussa la serviette qui chut sur le tapis. Le désir pulsait en lui, exigeant l'assouvissement.

Mia était si belle, si sexy, sa peau mate si lisse et si douce… Les petits seins ronds, la taille fine, les longues jambes galbées… Tout était délicat, chez elle, mais tonique à cause du surf et des activités physiques liées à sa profession.

Doucement, Max la poussa en arrière sur le lit et s'allongea à côté d'elle, savourant le tremblement qui la parcourut tandis qu'il promenait ses doigts sur la gorge satinée, puis effleurait un téton rosé. Il le caressa, le titilla, jusqu'à ce qu'il se tende à l'extrême. Mia se couvrit le visage avec le bras, mais il voyait ses lèvres entrouvertes et perçut le petit halètement qui s'en échappa.

Il dut faire appel à toute sa volonté pour résister au désir de la prendre sur-le-champ. Mais, résolu à tenir sa promesse, il se laissa glisser contre elle, prit la pointe durcie entre ses lèvres et l'aspira goulûment. Mia gémit de plaisir tandis qu'il cajolait le mamelon gonflé avec sa bouche et sa langue.

Quant à lui, il était au supplice. Comme si elle avait deviné ce qu'il endurait, Mia ouvrit ses jambes, mais il continua de prendre son temps, descendant vers le ventre plat et ferme, embrassant le nombril au passage, tandis qu'elle haletait sans retenue.

Sa patience serait récompensée. Il allait la faire jouir comme jamais encore elle n'avait joui. L'emmener au paradis, la faire crier, encore et encore…

Lorsque son visage se retrouva à la hauteur du sexe offert, elle essaya faiblement de resserrer les jambes, mais Max les lui maintint écartées et effleura le clitoris frémissant du bout de la langue.

Grisé par les petites plaintes de Mia, il l'explora avec ses lèvres, ses doigts et sa langue.

Jusqu'à ce qu'il la sente prête à basculer dans l'extase.

Max se redressa, le souffle court. Non seulement il ne la laisserait pas jouir contre sa bouche, mais il ne serait plus capable de se contrôler bien longtemps.

Cette fois, il la pénétra avec une lenteur délibérée et laissa échapper une longue plainte en sentant les muscles intimes se contracter autour de son érection.

Avec une infinie douceur, il baisa sa bouche, ses paupières, la joue si douce. Et,lorsqu'elle lui entoura la taille de ses jambes, il donna quelques vigoureux coups de reins qui les emportèrent tous les deux dans l'extase.

Max resta allongé sur elle durant quelques instants.

Jamais il n'avait éprouvé un tel sentiment de complétude.

— Je suis trop lourd pour toi, murmura-t-il.*Tu es parfait pour moi.*

Il roula sur le côté avant de l'attirer contre lui.

— Est-ce que ça a été aussi fabuleux pour toi que ça l'a été pour moi ? demanda-t-il d'une voix douce.

— Plus que ça, répliqua Mia en souriant. Après mon divorce, je crois que je me suis délibérément interdit toute relation amoureuse. Au début, je faisais mon deuil de notre mariage, mais après un certain temps… je me suis aperçue que cela ne m'intéressait plus.

— Tu as dû avoir des propositions, pourtant, non ?

— Quand j'envisageais de sortir avec un homme, c'était comme si mon esprit se vidait. Alors j'ai pris l'habitude de rester seule. Et je me sentais très bien ainsi.

— On finit par s'habituer à tout, dit Max en lui repoussant une mèche du front.

— À quoi as-tu fini par t'habituer ?

Il hésita. Là, dans cette chambre d'hôtel, avec cette femme délicicuse, il avait l'impression de flotter en suspens dans une sorte de bulle, hors de l'espace et du temps. Et, vue depuis l'intérieur de cette bulle, sa vie à Londres lui paraissait privilégiée mais superficielle. Parcc que son travail avait fini par devenir une habitude ? Cette pensée lui déplut. C'était le travail qui le définissait. Qu'adviendrait-il si celui-ci devenait un simple passe-temps ? Une habitude dépourvue de but et de sens, alors que jusqu'à présent il avait consacré toute sa vie à l'entreprise familiale qu'il avait transformée en empire au prix de mille sacrifices ?

— Gagner de l'argent peut devenir monotone, finit-il par répondre.

— Mais tu n'es plus obligé d'en gagner, j'imagine ? Tu en as suffisamment, non ?

Max lui sourit.

— On peut considérer les choses de cette façon. Mais…

Il s'interrompit et plissa le front.

— Mais ce n'est pas tant le fait d'avoir un compte bancaire bien garni. S'il s'agissait simplement *d'argent*, tu aurais raison, j'en ai suffisamment. Or il s'agit en réalité du *processus* permettant d'en gagner, et c'est cela qui crée une dépendance.

Peut-être que l'habitude de devoir gagner de l'argent à cause de ses frère et sœur qui dépendaient de leur aîné était devenue trop enracinée en lui. Mais, au fond, avait-il besoin de travailler sans relâche pour assurer la sécurité matérielle de James et Izzy ? Il avait rempli son rôle. James avait fait ses preuves et, tout en travaillant pour l'empire familial, avait créé sa propre société qu'il dirigeait avec brio et dont le chiffre d'affaires ne cessait d'augmenter. Quant à Izzy, elle se débrouillait manifestement très bien sans son grand frère, même s'il avait fallu qu'il vienne à Hawaï pour s'en rendre compte.

Alors, pourquoi continuer à travailler sous pression dans le seul but de gagner de l'argent ?

Et que se passerait-il s'il levait le pied ?

Devait-il reconsidérer ses priorités ?

Voyant l'expression sceptique de Mia, il sourit de nouveau.

— Et peut-être que…

— Peut-être que ? répéta-t-elle en haussant un sourcil.

— Et peut-être que… nous devrions dormir un peu. L'itinéraire prévu pour demain demandera de l'énergie et exclut l'usage d'une béquille. Je te porterai, s'il le faut.

Soudain, elle se redressa et chercha des yeux sa robe et ses sous-vêtements.

— Qu'est-ce que tu fais ? lança-t-il d'une voix paresseuse en lui caressant le dos avant de la faire basculer sur lui.

— Je retourne dans ma suite, répondit Mia en riant.

— Pas question.

— Comment cela, pas question ?

— Et si j'ai envie de toi au beau milieu de la nuit, qu'est-ce que je ferai si tu n'es pas dans mon lit ?

Ces paroles la ravirent. Beaucoup trop. Elle s'efforça de se rappeler qu'il ne s'agissait que d'une aventure passagère et que par conséquent elle aurait eu tort de construire des châteaux en Espagne.

Max était son employeur, et même s'ils avaient perdu temporairement la tête, cela ne changeait rien à la situation. Mais Mia refusa d'y penser maintenant, désireuse de profiter à fond de ce qu'ils partageaient.

Ce qu'elle vivait était si merveilleux, si incroyable, pourquoi aurait-elle sonné l'alarme et ramené Max à la raison ? Elle préférait jouir de l'instant, de tout ce qu'il avait à lui offrir. Ensuite, elle garderait le souvenir de ces moments précieux et les chérirait jusqu'à la fin de sa vie.

D'un autre côté, elle avait sa fierté…

— Et qui te dit que moi, j'ai envie d'être réveillée au beau milieu de la nuit pour…

— Pour partager des étreintes douces et passionnées, et inoubliables, avec moi ?

Sans attendre sa réaction, il l'embrassa, longuement, langoureusement, la faisant fondre tout entière.

— Je n'ai pas l'habitude de dormir avec quelqu'un, dit-elle dans un souffle.

Max recula la tête et la regarda.

— Moi non plus, répliqua-t-il avec le plus grand sérieux.

Il lui embrassa les paupières, le nez, effleura sa bouche puis descendit sur son menton, son cou…

— Mais il y a toujours une exception à la règle…

— Oui, sans doute, murmura Mia en renversant la tête en arrière pour mieux savourer les caresses de ses lèvres.

Pourquoi se priver de telles voluptés ? Résister à un amant aussi attentionné ?

Elle s'abandonna dans les bras musclés et lui offrit sa bouche sans plus se poser de questions.

En fait de sommeil réparateur…

Mia avait dû finir par s'endormir, lovée contre son merveilleux amant, puisqu'elle fut réveillée, lentement et sensuellement, par la sensation du membre viril, et très excité, pressé contre ses reins, et le souffle chaud de Max dans ses cheveux.

— Tu avais dit, susurra-t-il, que tu n'aurais pas envie que je te réveille en pleine nuit…

— J'ai dit cela ?

Se retournant entre ses bras, elle se laissa couler contre lui jusqu'à ce que ses lèvres effleurent la puissante érection. Max inspira profondément tandis qu'elle en caressait l'extrémité avec sa langue.

— Je ne m'en souviens pas du tout, chuchota-t-elle.

Il laissa échapper un son guttural, entre rire et gémissement.

Enhardie par l'obscurité, Mia s'autorisa à laisser cours à tous ses désirs et le prit dans sa bouche.

Jamais elle n'avait connu une telle intimité avec un homme.

Grisée par le goût de Max, elle resserra les lèvres autour du membre excité et instaura un lent va-et-vient…

À présent, c'était elle qui dirigeait les opérations. Là, dans ce lit, au cœur de la nuit, elle détenait le contrôle absolu sur ce mâle invincible et si sûr de lui. Et elle adorait ce sentiment de pouvoir.

Jusqu'à ce que soudain il la fasse pivoter doucement sur lui, afin de pouvoir lui faire subir les mêmes tourments exquis que ceux auxquels elle le soumettait.

Les caresses de sa langue exacerbèrent le désir qui consumait Mia. Haletant et gémissant tous les deux, ils se donnèrent du plaisir le plus longtemps possible, avant de faire l'amour avec une passion presque sauvage.

Jusqu'à ce qu'une marée incandescente emporte Mia, lui arrachant un cri qui résonna en elle comme un sanglot.

L'aube se levait lorsqu'ils firent de nouveau l'amour. Avec un mélange de tendresse et de passion, et avec une complicité qui l'enchanta – et la rassura.

Même si au fond de son cœur Mia sentait poindre le danger en dépit de son refus d'y prêter attention.

— Dommage que nous devions travailler, soupira-t-elle en se réveillant une heure plus tard, blottie dans les bras de Max.

— Comment ça, travailler ? répliqua-t-il, faussement choqué. Pour une fois, je crois que je vais m'accorder une petite pause. Je l'ai bien méritée, après tout…

9.

Ils passèrent trois jours à Maui. Le chauffeur les emmena visiter les sites les plus pittoresques tandis que la cheville de Mia achevait de guérir. De son côté, Max avait plus de deux cents kilomètres de côtes et une cinquantaine de kilomètres de plages à découvrir. Ils allèrent dans le sud de l'île et pique-niquèrent à Makena, connue sous le nom de « grande plage », sur l'une des tables prévues à cet effet, tout en regardant l'animation qui régnait alentour, l'océan turquoise miroitant sous le ciel bleu traversé par de gros nuages blancs qui filaient à toute allure, poussés par le vent.

Le lendemain de leur arrivée, Max lui avait annoncé que désormais elle ne dormirait plus séparée de lui. Mia suggérant alors qu'ils pourraient faire déverrouiller la porte de communication, il avait soulevé le téléphone interne et, cinq minutes plus tard, la porte était ouverte.

Il avait l'habitude d'être obéi au doigt et à l'œil, et elle comprenait maintenant pourquoi Izzy s'était pliée à tous les diktats de son frère aîné durant des années. Cependant, elle n'était pas la sœur de Max et, bien que travaillant pour lui, leurs rapports avaient changé et elle n'avait pas l'intention d'acquiescer à ses moindres paroles ou d'exaucer ses moindres caprices comme le faisaient tous ceux qui l'approchaient.

La porte n'était plus verrouillée, à présent, mais Max

lui avait bien fait comprendre qu'il n'était pas question qu'elle dorme dans sa chambre et qu'elle passerait *toutes* ses nuits dans la sienne.

Et là, Mia n'avait pas protesté. Parce qu'elle adorait dormir avec lui.

— Tu es très autoritaire, lui avait-elle néanmoins fait remarquer.

Il avait éclaté de rire.

— C'est bien la première fois que quelqu'un me dit que je suis *autoritaire* !

— Personne ne te l'avait dit parce que tout le monde te craint, avait-elle rétorqué sans ciller.

Ses paroles avaient eu pour seul effet de provoquer un nouvel éclat d'hilarité.

— Tout le monde sauf toi, avait-il dit doucement en reprenant son sérieux.

— Quand on vient d'une grande famille tapageuse, on n'a pas intérêt à être timide et réservé.

Mia était toutefois consciente du charisme de Max, de la force qui émanait de lui et faisait qu'il imposait sa loi sans rencontrer de résistance. Par moments, elle *aimait* se plier à ses désirs. Elle se délectait de sa force mâle.

Ils quittèrent Maui dans le jet privé qui les y avait déposés et se rendirent cette fois à Kauai où Max avait réservé de nouveau un hôtel cinq étoiles.

Quand ils posèrent les pieds sur le tarmac, Mia inclina la tête en arrière et le regarda, les doigts mêlés aux siens.

Sa beauté virile lui coupait le souffle. Surtout maintenant qu'elle avait le droit de l'admirer tout son soûl, de se repaître de la vue du corps superbe et athlétique. La brise légère ébouriffait ses cheveux noirs, lui donnant l'air encore plus sexy. Dans ce polo blanc et ce short gris clair, et ses éternels mocassins, il était l'incarnation même de la beauté virile.

Ces jours derniers, il s'était procuré des vêtements plus adaptés aux circonstances et au climat. Ou plus exactement, il lui avait suffi d'un claquement de doigts pour qu'un membre du personnel lui fournisse tout ce dont il avait besoin. Max s'était contenté de jeter un coup d'œil à ce qui avait été acheté pour lui, avait acquiescé d'un hochement de tête et laissé quelqu'un d'autre s'en occuper.

— Tu es vraiment gâté, avait dit Mia.

— Pourquoi faire ce que d'autres font mieux que moi ? avait-il répliqué. Je ne sais pas cuisiner, alors j'ai mon chef personnel ; je déteste aller dans les magasins, alors un assistant le fait pour moi. Ce système me convient parfaitement et chacun y trouve son compte.

Mais maintenant qu'ils se trouvaient à bord de la Range Rover noire qui les avait attendus à l'aéroport de Kauai, Mia se tourna vers lui et demanda en plissant le front :

— Cet hôtel que tu as réservé…

Il la fixa et haussa les sourcils.

— Oui ? Je connais ce ton. Tu vas me faire la leçon.

— Je ne vois pas du tout de quoi tu parles, riposta-t-elle, un peu piquée.

— Je t'ai déjà dit que tu étais très sexy quand tu prenais tes airs d'institutrice ?

— Je voulais juste te faire une proposition qui ne te plaira pas forcément…

— Dois-je boire un alcool fort pour encaisser le choc ?

Mia redressa le menton et s'efforça de le toiser d'un air hautain, mais quand elle vit la lueur taquine briller au fond des yeux bleus, elle ne put s'empêcher de sourire. S'était-elle jamais sentie aussi bien avec un homme avant Max ? Non. Même pas avec Kai.

— Les hôtels de luxe, c'est bien, mais cela ne correspond pas du tout aux idées d'Izzy, tu le sais. En fait, il y en a un où elle a passé plusieurs jours, ici, à Kauai, et son séjour l'avait enthousiasmée. Elle m'avait montré des photos. Alors nous devrions plutôt aller là-bas. Cela risque d'être un peu délicat, vu que tu as réservé dans un autre établissement, mais…

— Je suis d'accord avec ta proposition, l'interrompit-il.

— C'est vrai ?

— Oui, c'est vrai, acquiesça-t-il avec un petit sourire en coin. Pourquoi cet air surpris ?

— Parce que tu aimes le confort.

— Qui ne l'aime pas ? Mia, réponds-moi sincèrement. Préfères-tu voyager dans cette voiture, ou faire la queue en attendant un bus bondé, dans une chaleur suffocante et affreusement humide ?

— Cela ne m'a jamais posé de problème, assura-t-elle d'un ton vif. J'ai l'habitude d'utiliser les transports publics pour me déplacer. Ou alors je prends ma bicyclette. Dans la chaleur suffocante et affreusement humide.

— Oui, ma belle, rétorqua-t-il d'une voix suave et malicieuse. Mais c'était *avant* de me rencontrer.

Un frisson traversa Mia.

Avait-elle changé ? S'était-elle habituée à l'univers de Max ? Non, elle demeurait la même. Ce qui avait changé, c'était qu'elle s'amusait. Elle riait souvent et se sentait légère. Max la faisait rire comme personne, et chaque instant passé en sa compagnie était excitant et grisant. Mais comment se sentirait-elle quand elle ferait ses bagages pour laisser cet univers enchanté derrière elle ?

Il avait dit qu'il s'accordait une pause et n'avait pas menti. Depuis leur départ d'Oahu, il se connectait à son empire chaque jour, mais pas plus de deux heures durant, et souvent très tôt le matin. Et ils ne parlaient jamais du projet hôtelier ni des travaux.

Le voyage de quatre jours s'était prolongé comme par magie, la pause se transformant en petites vacances.

— Je suis libre de faire ce que je veux, avait-il répondu avec un haussement d'épaules lorsque Mia l'avait interrogé à ce sujet. Pouvoir travailler à toute heure du jour et de la nuit comporte certains avantages, dont la liberté de mouvement.

Sur le moment, cette déclaration l'avait ravie, mais le temps passant, elle s'était demandé avec une certaine appréhension – et un zeste de culpabilité – si elle n'était pas en train de s'habituer à cette existence privilégiée où tout lui était offert. Lorsque le jour viendrait de dire adieu à tout cela et de retourner à sa vraie vie, le choc pourrait se révéler plus brutal qu'elle ne l'avait imaginé.

Par ailleurs, quand viendrait l'heure de dire adieu à Max, elle aurait peut-être du mal à le quitter.

Ils s'entendaient à merveille, et pas seulement au lit. Ils bavardaient et riaient ensemble, mais sans jamais évoquer l'avenir.

Mia s'était persuadé qu'elle se contentait de profiter de ce qu'il lui offrait, parce qu'elle méritait bien de s'amuser un peu, pour une fois, mais était-elle vraiment capable de vivre l'instant sans se soucier du lendemain ?

Pour un homme du monde comme Max, les femmes représentaient une source de divertissement passager. Elles lui permettaient d'assouvir ses besoins virils et, une fois qu'elles lui avaient apporté ce qu'il attendait d'elles, il passait à la suivante sans un regard en arrière.

Alors que de son côté, Mia avait connu un seul homme avant lui.

— Je suis toujours la même, affirma-t-elle, revenant au présent. Je n'ai pas changé.

— Ah ?

— Et toi, tu as changé ?

Brusquement, l'atmosphère bascula. Max la regarda en plissant les yeux, et elle rougit à la pensée qu'il puisse lire en elle.

— Je ne te suivrai pas sur ce terrain, dit-il lentement.

Toute chaleur et toute malice avaient disparu de la belle voix grave. Une sensation de froid envahit Mia qui ne désira dès lors plus qu'une chose : que la tension qui s'était immiscée entre eux disparaisse. À quoi bon chercher à savoir s'il y avait davantage dans leur relation que ce que celle-ci était en réalité ? D'instinct, elle pressentit que si elle insistait, Max s'éloignerait.

Son cœur se serra douloureusement à cette pensée, et la vérité la frappa, brutale et inexorable.

Elle avait développé des sentiments pour lui. Des sentiments puissants, dépassant le simple désir sensuel et la complicité qui s'était développée entre eux.

Le désir et la passion ne duraient pas. Forte de cette certitude, elle s'était convaincue qu'elle ne risquait rien. Mais maintenant…

Max l'observait, fouillant son regard.

— Tu ne travailles plus autant qu'avant, répliqua Mia d'un ton détaché. Tu penses ralentir le rythme une fois rentré à Londres ?

— Certainement pas, murmura-t-il en baissant les yeux.

L'espace d'un bref instant, Mia se demanda s'il cherchait à dissimuler son expression, avant qu'il ne plonge à nouveau son regard dans le sien.

— Je m'accorde quelques vacances, mais les vacances ne durent pas éternellement…

— Tu as bien raison, acquiesça-t-elle en souriant.

Alors qu'à l'intérieur elle sentait une douleur atroce lui étreindre la poitrine. Parce que Max venait de lui dire à sa façon qu'il ne fallait surtout pas qu'elle se fasse d'idées.

— Si je t'ai posé cette question…, poursuivit-elle, c'est parce que de mon côté, je serai très heureuse de retourner à ma vie normale. Le surf me manque et, crois-le ou pas, mais tout ce luxe est très mauvais pour la ligne, quand on est une femme !

— Tu peux préciser ?

— Pas assez d'exercice et trop de dîners raffinés. Si je ne fais pas attention, je vais devenir aussi grosse que les baleines à bosse de Maui ! Et puis, je pense au retard qui s'accumule dans mon travail.

— Là où nous allons, il n'y aura pas beaucoup de dîners raffinés là, j'imagine…, répondit-il, pince-sans-rire.

Mia commença à se détendre. Ils avaient réussi à changer de sujet et évité de s'aventurer en terrain dangereux.

Sauf que… Un élément nouveau s'ajoutait maintenant à leur relation, et elle aurait été stupide de ne pas en tenir compte. Max venait de lui rappeler implicitement que même les meilleures choses avaient une fin.

— Quant à tes boulots annexes, reprit-il, une petite escapade de quelques jours ne devrait pas te poser de problèmes… je me trompe ?

Mia fronça les sourcils. Elle avait pris contact avec ses clients et leur avait expliqué la situation, puis leur avait envoyé ses idées par mail. Il faudrait du temps pour développer des projets plus aboutis, mais ils avaient été contents de ces premières propositions et lui avaient répondu qu'ils attendraient sans problème son retour.

— Non, murmura-t-elle. Je rattraperai facilement le temps perdu.

— Si tu rencontres des obstacles, dis-le-moi…

— Pourquoi t'en parlerais-je ? lança-t-elle, surprise.

— Je suis particulièrement doué pour supprimer les obstacles, ma belle.

Sur ces mots, il la gratifia d'un lent sourire qui la fit frissonner.

— Vraiment ? chuchota-t-elle. Et comment t'y prendrais-tu pour supprimer ces obstacles éventuels ?

— Je demanderais à ceux qui t'ennuient de s'adresser à moi.

— On dirait que tu fais partie de la Mafia…

— N'exagérons rien ! s'exclama-t-il en riant. Je ne recours pas à ce genre de méthodes.

Lentement, il lui caressa l'intérieur du poignet, faisant naître un nouveau frisson qui se propagea dans tout son être.

— Je me contenterais de leur donner suffisamment d'argent pour les persuader que j'ai besoin de ma femme vingt-quatre heures sur vingt-quatre.

Sa femme. Pensée vertigineuse. Et stupide, parce qu'elle n'était pas sa femme mais une simple aventure. Une conquête.

— Je suis certaine que ce ne sera pas nécessaire, répliqua Mia, crispée. Mes clients sont compréhensifs et très patients.

Elle s'interrompit et le regarda.

— Mais si jamais je rencontrais un obstacle… je ne t'en parlerais surtout pas ! Je n'ai vraiment pas envie que l'un de mes clients voie débarquer le Grand Méchant Loup chez lui !

Au même instant, le chauffeur ralentit. Ils étaient arrivés. Juste à temps pour éviter que la conversation ne dérape à nouveau…

Max contempla l'océan qui s'étalait à perte de vue. Derrière eux, la moto était appuyée contre un arbre. Il l'avait louée deux jours plus tôt pour aller explorer les lieux qu'à en croire Mia il devait *absolument* voir pour comprendre les projets de sa sœur.

Depuis ses années estudiantines, il n'était plus jamais remonté sur une moto. Il avait dû y renoncer quand, à la mort de ses parents, il s'était vu projeté du jour au lendemain dans la vie active. De la même façon qu'il avait dû renoncer à partir à la découverte du monde avant de se lancer dans une carrière professionnelle.

Quand il avait aperçu l'éco-hôtel, Max avait pensé qu'ils s'étaient trompés et avaient abouti chez un particulier. On aurait dit un dessin d'enfant en trois dimensions, avec un toit rouge, des murs turquoise patinés par le temps et les intempéries, de larges marches de bois permettant d'accéder à la lourde porte, en bois elle aussi.

Alentour, il devait y avoir un millier d'espèces différentes d'arbres, de palmiers, de buissons, de fleurs et de fougères, la végétation dense et touffue laissant place à une clairière entourant l'hôtel. Car il s'agissait bien d'un hôtel, comme il l'avait vite découvert.

Une ambiance de professionnalisme décontracté régnait dans l'établissement. Les planchers cirés luisaient doucement, il y avait des plantes partout. Pas d'air conditionné – considéré comme une menace pour la planète –, mais de grands ventilateurs aux pales de bois léger suspendus aux plafonds et tournant majestueusement en silence. Comparé aux hôtels où Max descendait d'habitude, celui-ci était minuscule et, bien que très fréquenté, il dégageait une impression de sérénité, chacun disposant d'un espace privé, et la plupart des clients s'absentant la journée pour aller à la découverte de la nature environnante.

La brise entrait par les nombreuses fenêtres ouvertes de la salle de restaurant à l'atmosphère conviviale et offrant le choix entre les tables carrées individuelles et la longue table destinée aux convives désireux d'échanger entre eux, ou ayant déjà lié connaissance.

Max était de nouveau sorti de sa zone de confort mais, vu qu'il n'avait cessé de s'en éloigner depuis son arrivée à Hawaï, il commençait à s'y habituer.

Il baissa les yeux sur Mia, blottie contre lui. Ils s'étaient arrêtés là en revenant de chutes d'eau spectaculaires qui avaient beaucoup impressionné Izzy, lui avait-elle expliqué. Ils étaient fatigués mais pas pressés de rentrer à l'hôtel.

— On va se baigner ? demanda-t-elle soudain en se tournant vers lui.

Max scruta l'immensité noire sur laquelle la lune projetait des reflets argentés et fronça les sourcils.

— Maintenant ? Tu plaisantes ?

— Pas du tout !

Elle bondit avec sa souplesse et sa grâce naturelle. Tu viens ?

— Pas question.

— Ne me dis pas que tu as peur ? dit-elle avec un sourire espiègle. Tu n'as aucune inquiétude à avoir, je suis une excellente nageuse et je connais l'océan par cœur, de jour comme de nuit.

— Tu nages souvent dans le noir ?

— Bien sûr ! Tout le temps ! N'oublie pas que je suis née et que j'ai grandi ici, au milieu de l'océan.

Tout en parlant, elle avait prestement ôté son short en jean et commençait à remonter son T-shirt sur son buste. Ses cheveux ébouriffés lui tombaient sur les yeux, elle le regardait en riant.

Max fut alors assailli par une vision de son corps souple

et mince englouti par les eaux noires et profondes. L'instinct protecteur qui rugit en lui fut d'une telle intensité qu'il en eut le souffle coupé.

Son cœur lui martelait les côtes, il sentit de la sueur perler à son front. Il n'allait tout de même pas avoir une crise de panique, bon sang !

Il eut envie de bondir à son tour et de serrer Mia contre lui, jusqu'à ce qu'elle lui promette de ne plus jamais se baigner la nuit, de se sortir complètement cette idée de la tête, de ne jamais s'éloigner de lui…

Qu'est-ce qu'il lui prenait ? Avait-il perdu l'esprit ?

Le fantasme qui venait de le traverser lui rappela brusquement le comportement de ses parents. Ils s'étaient consacrés entièrement à leur passion et lui – ainsi que James et Izzy –, en avaient payé le prix.

Dès son plus jeune âge, Max s'était juré de toujours rester maître de ses émotions, de contrôler tous les aspects de sa vie et maintenant il s'inquiétait pour Mia avant même qu'elle ait commis une imprudence.

Sa propre réaction l'offusqua. Au point d'en avoir les nerfs à fleur de peau et d'éprouver une sensation désagréable, proche du malaise.

Au lieu de maîtriser la situation comme il en avait eu l'intention en venant à Hawaï, il s'était laissé aller, s'autorisant à emprunter des chemins de traverse, curieux de voir où ils pourraient mener.

Pour la première fois de sa vie, Max avait permis au désir de pervertir sa relation avec une femme qui travaillait pour lui. Or Mia avait beau être sa maîtresse, elle n'en demeurait pas moins son employée. Et il avait toujours eu une conception très claire des limites à respecter vis-à-vis de tout membre du personnel. Il ne mélangeait *jamais* travail et plaisir.

Et pourtant il n'avait pas résisté longtemps avant de franchir le pas.

Il avait réussi à se persuader que les circonstances étaient particulières. À se convaincre qu'il méritait bien de s'offrir quelques jours de vacances, refusant de prêter attention aux signaux d'alarme qui se multipliaient.

Coucher avec Mia, passer toutes ses nuits avec elle, avait presque paru… naturel.

Et cette excursion dans l'archipel ? Il s'y était résolu en se disant que ce voyage était nécessaire s'il voulait comprendre la vision d'Izzy. Mais il devait bien reconnaître qu'il avait profité de l'occasion pour avoir Mia toute à lui et consommer le désir qui, après lui être tombé dessus sans crier gare, le taraudait jour et nuit.

À présent, il en était arrivé à s'inquiéter pour elle, à imaginer toutes sortes d'absurdités. À avoir le ventre noué.

Brutalement, Max sentit qu'il se trouvait à un carrefour et comprit qu'il devait réfléchir avant d'aller plus loin.

Qu'espérait-il, au juste ? Ils vivaient à des milliers de kilomètres l'un de l'autre. Lui devait rentrer à Londres. Il ne pouvait pas indéfiniment mettre sa vie de côté et il ne pouvait concevoir de demander à Mia de partir avec lui. C'était *totalement* impensable. Il n'y avait pas de place dans sa vie pour elle, point final. Ils avaient passé quelques jours délicieux ensemble, mais il ne prendrait jamais le risque de s'attacher à une femme et d'en arriver à ne plus pouvoir vivre sans elle.

Mia ne pouvait pas distinguer son expression, mais, grâce au sixième sens qu'elle avait développé dès qu'il s'agissait de Max, elle comprit que quelque chose n'allait pas.

— Je… L'idée m'a traversé l'esprit, c'est tout, commençat-elle, ne sachant pas trop sur quel pied danser. D'aller nous baigner, je veux dire…

Déterminée à retrouver la bonne entente qui régnait entre eux, elle lui tendit la main en souriant.

Il se leva, mais sans prendre sa main tendue. Mia tressaillit et la laissa retomber tandis qu'une sensation glacée se répandait en elle.

— Au fait, je ne t'ai pas dit que j'avais eu des nouvelles d'Izzy, dit-il d'un ton affreusement neutre.

— Ah bon ? Quand ?

Un immense soulagement l'envahit. Il avait dû avoir une conversation difficile avec sa sœur, d'où ce brusque changement d'humeur. Avait-il compté lui en parler plus tard, lorsqu'ils seraient rentrés à l'hôtel ?

— Il y a à peine une heure.

Mia se souvint qu'ils s'étaient arrêtés en chemin et qu'il avait passé un coup de fil. Sans doute Izzy l'avait-elle appelé à ce moment-là.

Il s'avança en direction de l'hôtel, se contentant de jeter un coup d'œil à la moto en passant. Il demanderait à quelqu'un de la ramener pour lui. Les mains enfoncées dans ses poches, il marchait en regardant droit devant lui, l'air si absorbé dans ses pensées que Mia n'osa pas se lover contre lui comme elle le faisait d'habitude, ni lui adresser la parole.

Quand ils eurent regagné l'hôtel, elle se tourna vers lui.

— Tu veux bien me raconter ce qu'elle a dit ? Elle va bien ?

— Elle n'est pas encore prête à revenir, répondit-il en traversant le hall d'entrée.

Quelques hôtes se tournèrent vers eux en souriant. Dans un petit établissement, on se connaissait rapidement les uns les autres.

Max ne s'arrêta qu'une fois arrivé dans leur suite, un vaste espace agrémenté de larges fenêtres aux rideaux diaphanes. Une moustiquaire entourait le lit immense, un ventilateur tournait au plafond, au-dessus de meubles en bois et bambou.

— Il est temps que nous parlions sérieusement, dit-il aussitôt après avoir refermé la porte.

La froideur ressentie un peu plus tôt revint en force. Mais Mia refusa de montrer son appréhension. Elle avait toujours su que ce moment viendrait, non ?

— Izzy a expliqué pourquoi elle restait encore là-bas ? demanda-t-elle d'un ton neutre en s'asseyant dans un fauteuil.

— Elle… s'est retrouvée dans la situation de devoir aider l'ancienne nounou de ma mère qui risque d'être expulsée de chez elle. Pour faire court, ma sœur est en Californie, là où a grandi notre mère. J'aurais dû y penser, mais…

Il haussa les épaules.

— Elle reviendra, et je suis disposé à reconsidérer le projet en fonction de ses idées.

Sans nouvelles de son amie depuis un moment, Mia fut soulagée de savoir que tout allait bien. Par ailleurs, elle n'était pas surprise d'apprendre qu'Izzy aidait quelqu'un. Cela correspondait tout à fait à sa nature généreuse et à sa réceptivité aux problèmes de ceux qu'elle côtoyait.

— Que des bonnes nouvelles, en somme ? Tu dois être content qu'elle t'ait appelé.

— Quoi qu'il en soit, tu te souviens sans doute que j'avais commencé à chercher une personne capable de s'occuper de l'aspect financier de l'opération…

— Je me souviens que tu m'as dit que Nat avait reçu quelques candidats.

— En effet, mais je comptais attendre de savoir où en était ma sœur. Maintenant que je connais ses intentions, nous pouvons envisager de recruter un comptable hautement qualifié et ayant de l'expérience dans l'industrie des loisirs.

Mia acquiesça d'un hochement de tête en se demandant où il voulait en venir, et pourquoi elle avait un mauvais pressentiment quant à l'issue de cette conversation.

— Par conséquent, poursuivit-il, ma présence à Hawaï n'a plus de raison d'être.

Lorsque leurs regards se croisèrent, celui de Max était vide de toute expression. Cela devait se terminer ainsi. Pas de manière brutale, mais dans le calme et la froideur. Sans éclats de voix ni larmes. Sans dispute ni claquement de porte.

À elle de l'accepter et de se débrouiller avec. Elle avait toujours su que leur histoire se finirait un jour, de toute façon.

— Eh bien…

Pas question de flancher. Elle tiendrait bon et refoulerait le flot d'émotions qui déferlait en elle.

— Je suis ravie que tout soit réglé, dit-elle avec un sourire forcé. Et tu as raison. Toutes les bonnes choses ont une fin.

— Nous avons vécu des moments fabuleux, affirma-t-il avec le même sourire forcé.

Le silence s'installa entre eux. Glacée jusqu'aux os, Mia eut l'impression que tout se désintégrait en elle.

— Oui, fabuleux, déclara-t-elle poliment. Et je devrais te remercier.

— De quoi ?

— De… De m'avoir sortie de mon hibernation, répondit-elle avec la plus grande sincérité. Comme je te l'ai déjà dit, après l'échec de mon mariage, je me suis cachée, jusqu'à ce que tu arrives et me forces à sortir de ma cachette, et je t'en serai toujours reconnaissante.

— Reconnaissante…, murmura Max.

— Tu m'as rendu un immense service, insista Mia.

— J'aimerais à mon tour que tu me rendes un très grand service, répliqua-t-il lentement.

Il avait l'air si bizarre, tout à coup. Presque… furieux. Contre quoi ou contre qui ? Était-il impatient de partir ? De retourner à sa vie de luxe et à ses maîtresses sophistiquées ?

— Lequel ? demanda-t-elle en redressant le menton.

— Viens.

Sans lui laisser le temps de s'exécuter, il s'avança vers elle, referma la main sur sa nuque et l'attira contre lui. Puis il l'embrassa, longtemps, avec une fougue, une ardeur encore inconnue.

Ensuite, tout s'enchaîna très vite. Leurs vêtements atterrirent sur le plancher. Max prit à peine le temps d'enfiler un préservatif, tout en continuant de dévorer sa bouche.

Quand il la souleva dans ses bras, Mia referma les jambes autour de ses hanches. Il l'adossa au mur et la pénétra d'un coup de reins puissant. L'orgasme fut instantané. Elle entendit le cri mêlé de sanglot qui jaillit de ses propres lèvres, puis resta accrochée à lui. Juste un instant. Juste le temps de lui faire ses adieux muets.

Les larmes viendraient plus tard.

10.

Immobile devant l'immense baie vitrée courant sur tout un côté de son luxueux appartement avec terrasse, Max contemplait le paysage nocturne où scintillaient des milliers de lumières multicolores.

Deux semaines. Deux semaines et trois jours. S'il l'avait voulu, il aurait probablement pu compter les heures.

Un peu plus de deux semaines qu'il était de retour à Londres, dans sa précieuse zone de confort dont il avait cru ne pouvoir se passer. Il était retourné à ses affaires, au travail, autrement dit à sa vie.

Le travail lui permettait d'exercer le contrôle auquel il tenait tant. Dans cet univers complexe régi par la prise de risques et le pouvoir de l'argent, il savait où il en était. Et il aimait savoir où il en était.

C'est ce que Max s'était dit en quittant Hawaï et n'avait cessé de se répéter depuis.

Izzy se trouvait toujours en Californie, auprès de l'ancienne nounou et amie, plus toute jeune, de leur mère. Ils s'étaient parlé plusieurs fois au téléphone depuis son retour à Londres, et la couche de glace qui lui avait toujours servi de bouclier, presque à son insu, fondait rapidement.

Il s'était rendu à Hawaï pour retrouver sa sœur, lui

faire la leçon, éclaircir la situation, et rentrer illico en Angleterre.

Au lieu de cela, sa vie avait subi un véritable tsunami. Et il avait découvert la vraie personnalité d'Izzy. Elle retournerait à Oahu, mais avec un rôle plus créatif et une nouvelle équipe, et Max était convaincu qu'elle ferait un boulot fantastique en prenant une tout autre direction que celle qu'il avait eue en tête au départ.

Et Mia… ?

Rien. Pas le moindre signe. Silence total.

Elle l'avait laissé partir… le sourire aux lèvres. Leur dernière nuit avait été incroyable. Au fond de lui-même, la souffrance le rongeait déjà, mais il avait réussi à l'ignorer, parce qu'il se répétait qu'il devait retourner à sa vie normale. Que c'était vital pour lui.

En outre, Max s'était raconté qu'il devrait être soulagé. Qu'elle se comportait exactement comme il l'avait souhaité. Elle prenait la chose avec philosophie, sans faire la moindre scène. Alors qu'en réalité le détachement de Mia lui avait déplu.

Mais cela aussi il l'avait ignoré, se convainquant qu'il était impatient de rentrer à Londres, de reprendre sa vie d'avant.

Il avait pressenti que Mia lui manquerait, bien sûr. Elle avait occupé une place unique dans sa vie. Pour la première fois, Max avait osé s'affranchir de son profil d'homme craint et redouté de tous. Il avait laissé tomber le masque, certain qu'il ne risquait rien puisqu'il s'agissait d'une situation temporaire.

À présent, debout devant la baie donnant sur sa terrasse plongée dans l'obscurité, il était bien forcé d'admettre la vérité.

Mia lui manquait cruellement. Il pensait sans cesse à

elle. À tel point qu'il ne pouvait se concentrer sur quoi que ce soit.

Son sourire lui manquait. Son rire spontané, léger et mélodieux ou franchement coquin, voire provocant. Sa façon de se lover contre lui et le sentiment qu'ils s'appartenaient l'un à l'autre…

Mais, en dépit de cette sensation de complétude, il avait brusquement redressé les barrières et avait repoussé la jeune femme. Pourquoi ? Parce qu'il avait été terrifié. Il s'était rappelé ses parents et la façon dont leur amour avait anéanti tout le reste autour d'eux, leurs enfants y compris. Ils avaient pris de mauvaises décisions, rejeté leurs responsabilités.

Quand il avait senti que le sol commençait à basculer sous lui, Max avait réagi en un éclair. Pas question de laisser quiconque menacer l'équilibre qui régissait son existence. Cela n'aurait pu que conduire à la catastrophe.

Lâche. Il avait été lâche. Il n'avait pas eu le courage de reconnaître qu'il était tombé amoureux de Mia, mais inconsciemment il avait su ce qui se passait en lui et il avait fui parce que aimer équivalait à perdre le contrôle de sa vie.

Et, déterminé à conserver ce contrôle, il avait choisi la fuite.

En vérité, il était tombé amoureux de Mia dès leur première rencontre. Il lui avait dit la trouver rafraîchissante, mais sans vraiment admettre qu'il adorait cette sensation. Qu'au fond il se fichait bien qu'elle le bouscule et le pousse sans cesse dans ses retranchements.

Tous les prétextes avaient été bons pour bannir les sentiments qui ne faisaient que se développer en lui, jusqu'à ce qu'il s'y retrouve confronté malgré lui le dernier jour.

L'appel d'Izzy était tombé à pic et lui avait servi à

hâter le processus. Il n'avait plus rien à faire à Hawaï et pouvait retourner à sa merveilleuse vie londonienne.

L'existence dorée désormais dépourvue de tout attrait parce que la seule personne avec qui il voulait la partager se trouvait à des milliers de kilomètres de là.

Restait une question cruciale.

Il l'aimait. Mais *elle* ? Que ressentait-elle pour lui ?

Max la revit devant lui, le regard empli de tendresse…

Elle l'aimait. Il en était certain.

Quant à savoir si elle lui pardonnerait de s'être conduit comme le dernier des imbéciles…

Certes, il n'avait pas brillé par son intelligence, mais même le dernier des imbéciles méritait d'avoir une seconde chance, non ?

Pour le savoir, il n'y avait qu'un moyen.

Moins d'une heure plus tard, Max avait pris toutes les dispositions nécessaires et s'apprêtait à retourner à Hawaï.

Il l'avait surprise une fois ? Il la surprendrait de nouveau.

Et cette fois-ci…

Le soleil commençait à baisser à l'horizon mais il faisait encore très chaud, et Mia sentit poindre le mal de tête.

Rien ne parvenait à la distraire du sentiment d'abandon qui l'habitait depuis deux semaines et demie. Toute son énergie semblait l'avoir désertée. Elle n'avait plus goût à rien.

La plage était noire de monde. Des touristes, des gens du cru, vieux, jeunes, gros, minces… Tous profitaient du soleil, de la mer, du surf. Différents arômes flottaient dans l'air, de nourriture et de crème solaire mêlées. Quelqu'un jouait de la guitare. Même la gaieté et l'enthousiasme des enfants à qui elle venait de donner un cours ne parvenaient à lui faire oublier la souffrance qui lui étreignait le cœur depuis l'instant horrible où Max lui avait annoncé qu'il n'avait plus rien à faire à Hawaï et repartait pour Londres.

Elle avait souri, se disant qu'elle aurait dû être prête à vivre ce moment, que leur histoire devait forcément se terminer un jour. Ensuite, ils avaient fait l'amour, passé la nuit ensemble, puis pris le petit déjeuner en discutant tranquillement, en adultes responsables. Mais, pour Mia, chaque minute passée en sa compagnie avait été un véritable supplice.

Parfois, elle regrettait de ne pas avoir eu le courage de lui avouer ses sentiments. Mais à quoi cela aurait-il servi ?

Pas à empêcher Max de s'en aller, en tout cas.

Après l'échec de son mariage, elle avait traversé une phase très difficile, sans que sa vie ne s'arrête pour autant.

Mais après Max…

Elle n'aurait jamais pu imaginer de tomber amoureuse de lui. Parce qu'il ne correspondait pas du tout au profil idéal qu'elle avait élaboré après son échec avec Zai.

La vie avait le chic pour vous jouer de drôles de tours…

À l'instant où cette pensée la traversait, Mia *sentit* une présence derrière elle. Un frisson la parcourut, mais elle continua d'avancer en direction de l'endroit où elle avait laissé son vélo.

Lorsque la personne qui la suivait accéléra le pas, elle serra les poings, furieuse qu'on puisse insister alors que tout, dans son comportement, indiquait qu'elle n'avait pas envie de lier connaissance avec quiconque.

Une main se posa sur son bras.

Elle fit volte-face, folle de rage, et se figea sur place

en voyant la dernière personne qu'elle se serait attendue à voir.

Max l'avait déjà accostée sur cette même plage. Presque au même endroit. Mia battit des cils pour s'assurer qu'elle n'était pas victime d'une hallucination.

Non, elle ne rêvait pas. Il était bien là devant elle, tournant le dos au soleil et aussi grand, aussi imposant et aussi scandaleusement beau que dans son souvenir.

Elle reconnut le polo rayé gris et blanc, le bermuda gris clair, les mocassins.

Les magnifiques yeux bleu saphir, la bouche sensuelle, les traits virils et fiers…

Depuis son départ, elle n'avait pas pleuré une seule fois, comme si les larmes refusaient obstinément de jaillir.

Elle se força à sourire. La grande main chaude posée sur son bras s'écarta, et il se passa la main dans les cheveux, l'air étrangement nerveux.

— Max… Quelle surprise ! Qu'est-ce qui t'a poussé à revenir à Hawaï ?

Les larmes embuèrent son regard. Elle se détourna sans attendre sa réponse et reprit son chemin, résolue à ne pas craquer devant lui.

Une fois arrivée devant son vélo, elle se retourna à nouveau et le fixa en redressant le menton.

— Nat a pris contact avec toi au sujet de mes projets ? Tu n'avais qu'à m'envoyer un -mail, si tu avais des questions à me poser.

— Je ne suis pas venu pour te poser des questions sur les aménagements paysagers.

Mon Dieu, cet éclat illuminant les sublimes yeux bleus…

— Qu'est-ce que tu fais ici, alors ?

— Je suis venu pour… te parler…

— De quoi ?

— De nous.

Mia laissa échapper un petit rire bref et dur.

— Ah oui ? Étant donné qu'il n'y a pas de *nous*, tu as fait un sacré bout de chemin pour rien.

— Tu le penses vraiment ? Qu'il n'y a pas de nous ?

Elle redressa le menton d'un cran supplémentaire.

— Oui. Nous nous sommes dit adieu, Max. Qu'avons-nous à nous dire de plus ?

Sortant la clé de l'antivol de sa poche, elle se pencha au-dessus de sa bicyclette.

— Durant ces deux semaines, j'ai beaucoup réfléchi. Tu m'as beaucoup manqué… J'ai compris que te quitter avait été une erreur.

Mia leva brusquement les yeux vers lui et le foudroya du regard. Il voulait lui parler ? Parce qu'il avait eu deux semaines pour réfléchir et qu'elle lui avait manqué ? Il avait compris qu'il avait eu tort de la quitter ?

À quoi s'attendait-il ? À ce qu'elle lui tombe dans les bras, prête à reprendre les choses là où *il* les avait laissées ?

La souffrance lui coupait le souffle.

— Dur pour toi, dit-elle, les mâchoires serrées.

Enfourchant sa bicyclette, elle gagna la chaussée tandis qu'il courait à côté d'elle sur le trottoir. Tout le monde devait les observer, pensa-t-elle sans le regarder. Lui s'en fichait, mais pas elle. Des tas de gens la connaissaient…

— Va-t'en, dit-elle en pédalant à toute allure.

Il accéléra à son tour et réussit à rester à sa hauteur.

— Pas avant de t'avoir parlé.

Ah… Il voulait parler… Et en terminer avec ce qu'ils avaient commencé ? Il était parti parce qu'il ne pouvait rester indéfiniment à Hawaï, songea Mia en redoublant de vigueur. Mais il n'avait pas eu le temps de se lasser d'elle, alors il revenait pour aller jusqu'au bout de son désir, jusqu'à ce qu'il soit *vraiment* lassé d'elle.

Eh bien, il se faisait de *grosses* illusions !

— D'accord.

Elle freina si brutalement qu'il continua à courir avant de s'arrêter, de faire demi-tour, et de revenir vers elle.

Il n'était même pas essoufflé !

— Tu veux me parler ? Pas la peine, je vais le faire à ta place ! Et ne te fatigue pas à me raconter des histoires ! Je sais où tu veux en venir, Max.

— Allons discuter ailleurs, s'il te plaît.

Il n'en dit pas davantage, mais quelque chose dans sa voix, dans son regard, lui dictait de le suivre…

Mia hésita, agacée par sa propre réaction. Puis elle finit par désigner du menton un petit café, un peu plus loin.

À l'intérieur, il y avait un monde fou, mais ils trouvèrent une table et s'assirent l'un en face de l'autre sans dire un mot.

Le silence la rendait encore plus nerveuse. Elle refusait de le regarder, tout en ayant du mal à garder les yeux fixés sur la carte des boissons posée sur la table.

— Tu disais que tu savais où je voulais en venir, commença enfin Max avec calme. Je suis prêt à parier que tu te trompes.

— Tu es revenu pour aller jusqu'au bout de notre histoire, rétorqua-t-elle d'un ton dédaigneux.

Il vida d'un trait le verre de whisky que le serveur venait de déposer devant lui. Puis il héla le jeune homme et en commanda un autre.

— Pourquoi bois-tu aussi vite ? demanda Mia, stupéfaite.

— Pour me donner du courage, répondit-il avec un petit sourire en coin.

— Besoin de courage ? Toi ? Tu n'as jamais peur de

rien ! Si c'est une stratégie pour vaincre mes défenses, ça ne marchera pas, je te préviens !

— J'ai besoin de courage parce que je n'ai jamais prononcé les mots que je vais prononcer. Que je n'ai jamais éprouvé les sentiments que je…

— Tu confonds les sentiments et le désir purement *sexuel*, manifestement !

— Non, je ne crois pas, et c'est pour cela que j'ai autant de mal à te dire ce que j'ai à te dire. La situation est tout à fait nouvelle pour moi. Je n'ai jamais éprouvé cela pour quiconque. Je n'avais jamais pensé en être capable. Alors écoute-moi et si après que j'aurai parlé tu veux t'en aller, je te donne ma parole que je ne t'en empêcherai pas et que je ne te suivrai pas.

Il la regarda droit dans les yeux et ce qu'elle vit dans les siens la fit frémir au tréfonds d'elle-même.

— Te rencontrer a complètement chamboulé ma vie, Mia. Mon existence était réglée au millimètre près et, en un clin d'œil, tu as réussi à faire exploser tout mon univers, sans que je comprenne ce qu'il m'arrivait.

Mia sentit une sensation merveilleuse se déployer dans sa poitrine, un espoir immense naître dans son cœur.

— Tu t'es immiscée dans ma vie, dans mon cœur, presque à mon insu. J'aurais dû me rendre compte de ce qui se passait en moi lorsque j'ai compris que je ne voulais pas que tu quittes mon lit. Que je désirais que tu t'endormes à côté de moi et que tu sois la première personne que je verrais à mon réveil.

— C'est vrai ? chuchota-t-elle.

— Oui.

La vulnérabilité qui se lisait dans ses yeux bouleversa Mia et acheva de la convaincre de sa sincérité. L'espoir grandit dans son cœur, impossible à endiguer.

— L'amour ne m'avait jamais inspiré que de la méfiance, poursuivit-il. Mes parents ont tout sacrifié au nom de leur amour. Le travail, les responsabilités… Moi. Quand ils sont morts dans un accident d'avion, j'ai vu cela comme un nouvel exemple de leur irresponsabilité. Les conditions météo étaient épouvantables, mais ils ont refusé d'en tenir compte, comme des ados aveuglés par leur passion juvénile. Au lieu de se comporter comme des adultes mûrs, et parents de trois enfants qui avaient besoin d'eux.

Il soupira et ferma les yeux, puis regarda Mia et lui prit la main.

— Je me suis juré de ne jamais perdre le contrôle de mes émotions, de ma vie. De ne jamais laisser personne me faire oublier mes responsabilités et mes priorités. Mes relations avec les femmes se limitaient à des intermèdes agréables, jusqu'à ce que je te rencontre.

— Et alors, que s'est-il passé ? s'enquit Mia dans un souffle.

— Je suis tombé amoureux de toi.

— Tu… Tu es… ?

— Je suis tombé amoureux de toi, ma chérie. Mais j'ai refusé de me l'avouer, parce que j'ai senti que ma vie allait subir un chamboulement radical. Et cela me terrifiait, même si tout se passait à un niveau inconscient.

— Moi aussi, murmura Mia.

Elle battit des cils pour refouler les larmes qui se pressaient sous ses paupières.

— Je suis tombée amoureuse de toi dès le premier jour. Et, quand je m'en suis rendu compte, j'ai souffert de devoir te cacher mes sentiments, parce que je savais que tu fuirais à des milliers de kilomètres si tu soupçonnais ce que je ressentais pour toi. Je savais aussi que tu repartirais un jour, bien sûr, et cette perspective m'était insupportable. Et lorsque finalement, tu m'as annoncé que tu…

Mia se mit à trembler et ferma brièvement les yeux.

— Tu n'as rien montré, sur le moment, dit Max.

— Par fierté. J'avais trop peur de m'effondrer devant toi.

— Je ne me doutais pas que ce serait aussi douloureux.

— Mais pourquoi ne me l'as-tu pas dit plus tôt ? ne put-elle s'empêcher de lui demander.

— Moi aussi, j'ai ma petite fierté, répliqua-t-il, pince-sans-rire. Mais il ne s'agissait pas seulement de cela. J'ai refoulé ma souffrance parce que, pour la première fois de ma vie, j'avais désiré qu'une femme m'empêche de partir et que tu n'avais rien fait pour me retenir. Alors je me suis dit que tout allait revenir à la normale. Que j'allais me réhabituer à mon ancienne vie. Je m'étais trompé, sur toute la ligne. Et il m'a fallu un peu de temps pour m'en rendre compte. Je me suis conduit comme un imbécile, ma chérie, mais je suis venu mettre les choses au clair.

— Je t'aime, dit simplement Mia.

— Je veux m'engager corps et âme, déclara Max, solennel. Sans avoir peur de ce qui pourrait advenir. J'ai compris que pour aimer, il fallait lâcher prise. Jc t'aime, j'ai besoin de toi et je te désire, et je veux m'abandonner à toi. Tout entier. Et pour toujours. Alors, acceptes-tu de m'épouser et d'être patiente avec moi pendant que j'apprends à renoncer à mon obsession de vouloir tout contrôler ?

— Je ne crois pas que ce sera très difficile, répondit-elle en riant avec douceur.

Elle leva la main et lui caressa tendrement la joue.

— Mais je te préviens, tu vas devoir affronter ma famille…

— Quatre sœurs… J'ai l'impression que je vais avoir du mal à placer un mot ! Surtout si elles sont aussi têtues que toi.

— Aussi têtues que moi et *très* extraverties. Mais elles seront folles de joie de t'accueillir dans la famille, et je parie que mes deux beaux-frères vont être ravis d'avoir un allié de plus dans leur camp. Quant à mes parents, tout ce qui compte pour eux, c'est que je sois heureuse.

— Je suis impatient de faire leur connaissance, murmura Max en l'attirant contre lui.

Lorsqu'il l'embrassa, Mia sentit les larmes rouler sur ses joues.

Des larmes de joie et de bonheur.

Vous avez aimé *L'amant de Hawaï* ?
Dévouvrez la suite de votre série
« Le mystère des Stowe » dès le mois prochain
dans votre collection Azur !

Retrouvez prochainement, dans votre collection

AZUR

Trahie par son fiancé, de Chantelle Shaw - N°4455
Alors qu'elle s'apprête à épouser Jace Zagorakis, un nabab plus beau qu'un dieu de l'Olympe, Eleanor découvre avec horreur que son fiancé n'est autre que l'ennemi de son grand-père. Loin de l'aimer, il ne cherche à travers leur mariage qu'à mettre la main sur le luxueux hôtel dont elle est l'héritière ! Dévastée, elle fuit cet homme qui l'a trahie, jusqu'à ce qu'il la retrouve un an plus tard pour la contraindre à tenir sa promesse : soit elle devient sa femme, soit il ruinera sa famille…

Trop proche de lui, de Millie Adams - N°4456
La vie est un jeu dangereux, la princesse Annick l'a appris à ses dépens. Alors qu'elle vient tout juste de recouvrer sa liberté, après des années de captivité, il lui faut monter sur le trône que ses ennemis convoitent. Traquée de toutes parts, elle demande son aide à Maximus King. Seul un homme de son étoffe pourra la protéger et lui permettre d'accomplir sa destinée en servant son peuple. Or celui-ci pose immédiatement ses conditions : il sera l'allié d'Annick, si elle fait de lui son roi…

Le bébé de Sa Majesté, d'Annie West - N°4457
Il suffit d'un regard pour qu'Aurélie succombe au charme du ténébreux Lucien. Et, bien qu'il lui affirme n'être que de passage dans la région, elle s'abandonne entre ses bras durant une nuit fabuleuse. Une nuit sans lendemain mais qui révèle bientôt ses conséquences… Lorsqu'elle se retrouve enceinte, Aurélie se met en quête de son amant et découvre avec consternation qu'il n'est autre que l'héritier de Vallort – un roi !

Le baiser du prince, de Katrina Cudmore - N°4458
« Je veux que tu sois ma femme… » Face à la proposition du prince Edwin, Kara reste sans voix. Certes, il ne s'agirait entre eux que d'une union de convenance permettant à son meilleur ami d'accéder au trône de Monrosa, pourtant elle redoute de compromettre ce lien unique qui les lie depuis l'adolescence. Incapable d'abandonner Edwin à son sort, Kara accepte d'être sa princesse. Or le baiser destiné à sceller leur accord la bouleverse soudain, quand de chaste il se fait brûlant…

La douce morsure du désir, de Jennifer Garland - N°4459

Pour Emily, Sandlake Meadows est bien davantage qu'un domaine consacré à l'élevage de pur-sang. C'est son histoire, son héritage – toute sa vie ! Aussi, quand Mark Callaghan, un arrogant promoteur immobilier, lui propose d'acheter ses terres, est-elle sur la défensive. Comment pourrait-elle accepter que ces lieux chargés de souvenirs soient dénaturés à jamais par cet homme d'affaires puissant et sans scrupule ? Hélas, ce dernier se montre aussi persuasif qu'irrésistible. Et à mesure qu'ils se rapprochent tous les deux Emily craint de ne bientôt plus pouvoir résister au désir fou qu'il lui inspire…

Son irrésistible patron espagnol, de Susan Stephens - N°4460

Grand, ténébreux et viril : Raffa Acosta est l'homme le plus sexy de la terre, selon Rose. Mais il est surtout son patron, elle ne doit pas l'oublier, même si ce soir tous deux dansent langoureusement à l'occasion d'un mariage. Dès demain, Raffa redeviendra le célèbre joueur de polo que tout le monde admire et elle, une simple palefrenière. Du moins le croit-elle, car il lui propose soudain de passer une semaine en tête à tête avec lui, sur son yacht…

L'héritière d'une île grecque, de Jennifer Faye - N°4461

Les chanceux qui se disent oui sur l'île de l'Éternité resteront unis à jamais. La légende est si belle que les couples affluent du monde entier pour se marier là, dans cet endroit enchanteur dont Lea est l'héritière. Hélas, malgré tous ses efforts pour développer sa société d'organisation de mariages, Lea rencontre de grandes difficultés financières. Pas question pour autant d'accepter l'offre d'achat de Xander Marinakos qui ne voit dans ce lieu romantique qu'un moyen d'étendre son empire…

La reine de Cyrano, de Marcella Bell - N°4462

SÉRIE : *GARDE ROYALE* - 1/3

Enfin, Mina voit son rêve se réaliser : elle vient d'être nommée conseillère scientifique du souverain de Cyrano. Un grand honneur et l'occasion pour elle de servir son pays. Hélas, à peine a-t-elle le temps de se réjouir qu'elle est enlevée et conduite de force dans une chapelle où l'attend le roi Zayn lui-même. Celui-ci, qu'elle rencontre pour la première fois, a une révélation à lui faire : un accord a été conclu entre leurs pères respectifs il y a bien longtemps de cela et, s'il entend qu'elle joue un rôle auprès de lui, c'est en tant que son épouse et sa reine…

Le rêve d'Izzy Stowe, de Cathy Williams - N°4463

SÉRIE : *LE MYSTÈRE DES STOWE* - 2/3

C'est le cœur brisé qu'Izzy Stowe se réfugie dans le ranch familial. Sous le soleil californien, elle espère panser ses blessures. Mais dès son arrivée elle se heurte à Gabriel Ricci, son irascible voisin. Alors qu'elle voudrait le détester, Izzy le découvre papa d'une adorable fillette dont il craint de perdre la garde s'il ne peut témoigner de sa stabilité. Un défi que Gabriel lui demande de relever avec lui, en se faisant passer pour sa fiancée…

Dans le lit d'un milliardaire, de Louise Fuller - N°4464

De retour d'une exploration polaire, Arlo Milburn est heureux de rentrer à Hadfield Hall, son manoir isolé et tranquille. Or alors qu'il se croit seul il découvre une inconnue dans son lit ! Celle qui se présente sous le nom de Frankie est une amie de son frère, lui explique-t-elle, tout en éveillant chez lui méfiance… et désir. Bien qu'il veuille lui demander de partir, il ne peut s'y résoudre. Une tempête fait rage dehors, et Arlo n'a d'autre choix que d'offrir l'hospitalité à la belle intruse…

La vengeance de Lazaro Herrera, de Jane Porter - N°4465

Lazaro Herrera ! En découvrant l'identité de son ravisseur, Zoé a le souffle coupé. L'homme qui l'a si honteusement kidnappée n'est autre que le beau-frère de sa sœur ! Dans son regard, elle lit une colère froide qui ne laisse pas l'ombre d'un doute : elle est l'instrument parfait de sa vengeance. En s'en prenant à elle, en effet, il ne manquera pas d'atteindre sa sœur et son mari, à qui il reproche d'avoir gâché sa vie. Face à cet homme si ténébreux, Zoé est démunie… mais aussi confuse. Car, lorsque Lazaro s'approche d'elle, l'alchimie qui opère entre eux se fait dangereusement tentatrice…